Alizé Siffleur

Zartbitter

Für Alan, meine zweite Hälfte,
meine Inspiration, meine Liebe.

„Wenn du mich so ansiehst,
fällt mir nichts mehr ein.
Wenn du willst, dann nimm mich,
es kann für immer sein.
Ich geb' dir alles, was ich bin,
das ist ein Versprechen
…"

Aus den Song ‚Bis ans Ende der Welt'
von Udo Lindenberg

Alizé Siffleur

Zartbitter

Erotischer Roman

 Endlich angekommen!

So lange hatte ich mich auf diesen Urlaub gefreut, dem ersten seit zwei Jahren. Dem ersten Urlaub, seit ich meine Beziehung beendet hatte, weil es einfach nicht mehr ging. Weil wir uns nichts mehr zu sagen hatten, uns wahlweise anschwiegen oder anschrien. Es war einfach keine Gemeinsamkeit mehr vorhanden. Obwohl wir uns zu Anfang wirklich geliebt hatten, jedenfalls kam es mir so vor. Ob er genauso verliebt gewesen war - keine Ahnung.

Im Nachhinein zweifle ich daran. Jedenfalls war ich nach gut zwei Jahren des Zusammenlebens ausgezogen. Er hatte mich nicht aufgehalten. Im Gegenteil schien er erleichtert gewesen zu sein, dass ich ihm die Entscheidung abgenommen hatte. Tschüss, bis dann mal. Das war's. Er hatte wohl noch weniger Lust auf ein Wiedersehen als ich, tröstete sich innerhalb kürzester Zeit mit einer Neuen.

In der Folgezeit musste ich mein Leben neu sortieren. Immer wieder sagte ich mir, dass mein Lebensglück nicht von einer Beziehung abhängig war, doch es fiel mir manchmal ganz schön schwer, allein zu leben.

Aber irgendwann hatte ich alles im Griff. Ich hatte die neue Wohnung nach meinen Wünschen und Bedürfnissen eingerichtet.

Mein Freundeskreis bestand nicht mehr vorwiegend aus Pärchen, die sich reihum im jeweiligen Zuhause zu netten Kochevents trafen oder gemütliche Abende mit Pärchenspielen verbrachten.

(Nicht was Sie sich jetzt vorstellen! Ich meine Tabu oder Outburst oder Klugscheisser, übrigens das Lieblingsspiel von meinem Ex.)

Jetzt waren es meist Singles wie ich, mit denen ich mich traf und ausging. Mein Leben lief also wieder in geregelten Bahnen.

Eigentlich war es geplant gewesen, mit meiner besten Freundin in den Urlaub zu fahren. Silke hatte, genauso wie ich, ein Händchen für schräge Typen, war also meistens solo oder unglücklich verliebt. Ab und zu gab es einen ständigen Begleiter, aber das schien immer der Falsche zu sein.

Das einzig ihr treu ergebene männliche Wesen in ihrer Nähe war ihr Dackelrüde, der mit ihr durch dick und dünn ging.

Silke hatte mir während der Trennungsfase und danach sehr geholfen. Sie war eben meine beste Freundin!

Zwei Wochen Strand, Sonne satt, das strahlend blaue Meer, Cocktails an der Strandbar, vielleicht ein kleiner Urlaubsflirt, eben das optimale Urlaubsfeeling. So hatten wir uns das vorgestellt.

Leider war meine Freundin im letzten Moment abgesprungen. Im wahrsten Sinne des Wortes. Sie war im Dunkeln über den Dackel gestolpert und hatte sich das Bein gebrochen. Kismet halt.

So hatte ich mich, begleitet von ihren guten Wünschen, allein auf die Reise gemacht. Das fand ich nach dem ersten Schock gar nicht so schlimm. Ich würde mir eine gute Zeit machen, den ersten Urlaub nach so langer Zeit einfach genießen.

Jetzt jedenfalls bin ich angekommen, fühle mich einfach nur wohl. Das erwartete Urlaubsfeeling stellt sich tatsächlich ein, denn alles stimmt. Das kleine Hotel gefällt mir. Mein Zimmer ist freundlich und hell. Zum Strand und der Promenade sind es nur ein paar Minuten. Auch eine Einkaufsmeile gibt es. Alles ist von meinem Hotel aus gut erreichbar. Sogar das Wetter spielt mit. Die Sonne strahlt von einem wolkenlosen Himmel.

Voilá - alles ist perfekt.

Heute Vormittag ist es schon recht heiß. Ein leichter Wind umschmeichelt mich, fächelt meiner erhitzten Haut eine angenehme Kühlung zu. Ein Spaziergang am Strand wäre jetzt genau richtig.

So bummele ich über die Promenade, bin bald am Wasser. Die Sandalen sind schnell von den Füßen gestreift. Ich nehme sie an den Riemchen hoch und wate in das angenehme Nass. Sanfte Plätscherwellen umspielen meine Fußknöchel. Gedankenverloren laufe ich ein Stück, genieße das Urlaubsfeeling.

Ein plötzlicher Windstoß lässt mein dünnes, buntes Sommerkleid flattern, hebt den

Saum ein wenig an. Was für ein tolles Gefühl das ist! Ich genieße den Wind, der über meine Beine streicht, so dass ich eine leichte Gänsehaut bekomme und sich ein angenehmes Prickeln zwischen meinen Beinen einstellt. Meine Brustwarzen stellen sich auf, reiben sich an dem dünnen Stoff des Kleides.

‚Jetzt ist es aber gut', rufe ich mich mit einem Lächeln zur Ordnung. Schließlich bin ich nicht allein hier. Was, wenn jemand meine körperlichen Reaktionen bemerkt? Das wäre mir ziemlich peinlich. Schnell schaue ich mich möglichst unauffällig um. Tatsächlich sehe ich gar nicht weit weg einen Mann, der mich gleichermaßen amüsiert und interessiert mustert.

‚Er sieht gut aus', stelle ich für mich fest. Ein enges Shirt lässt seine muskulöse Brust erkennen. Seine Jeans scheint er einfach abgeschnitten zu haben, sodass sie wie coole Shorts aussehen. Langsam kommt er näher und so wie er mich ansieht weiß er genau, dass ich erregt bin.

‚Oh nein', ich vermeide den Blickkontakt mit ihm, drehe mich schnell um, gehe zurück zur Promenade ohne mich noch einmal ungesehen zu haben.

An einer kleinen Bodega mache ich halt. Hier auf der Terrasse werde ich mir ein Glas

Rotwein gönnen, zur Beruhigung. Der Kellner lächelt freundlich, stellt zusätzlich eine kleine Karaffe mit Eiswasser auf den Tisch.

Ausgerechnet jetzt bekomme ich eine WhatsApp, krame in meiner Tasche herum. Sicher ist sie von Silke. Ich werde ihr ein paar Fotos schicken und ihr schreiben, dass ich gut angekommen bin. Wenn ich das verflixte Handy erst einmal gefunden habe.

„Ist ja klar, das Ding liegt wieder ganz unten", meckere ich leise, halte inne, schaue auf ...

... und blicke in ein Paar faszinierende, blau - graue Augen.

Der Mann vom Strand hat sich einfach neben mich gesetzt.

„Hallo", lächelt er und streicht sich durch die verstrubbelten, dunkelblonden Haare.

„Ich habe dich am Strand gesehen. Das war ganz schön heiß", fährt er fort, legt dann seine Hand auf mein Knie und streicht langsam über meinen Oberschenkel.

„Bitte, was soll das", flüsterte ich, bin fasziniert und gleichzeitig schockiert.

„Oh, das weißt du ganz genau. Du brauchst es und zwar ganz dringend, das sehe ich dir an", raunt er mir zu.

Entsetzt schnappe ich nach Luft.

‚Was bildet sich der Typ ein! Mich einfach anzugrabschen', denke ich.

Aber mein Körper sagt etwas ganz anderes. Seine Hand hinterlässt eine brennende Spur auf meinem Oberschenkel. Jetzt streichelt er die zarte Haut auf der Innenseite, fährt weiter hoch. Die Berührung lässt mich feucht werden, meine Brustwarzen richten sich wieder auf, was er mit einem zufriedenen Blick registriert.

„Es gefällt dir", stellt er fest, während seine kundigen Finger meinen String beiseite schieben und sanft über meine feuchte Spalte fahren.

Ich lasse ihn gewähren, beiße mir auf die Lippen, unterdrücke mühsam ein Stöhnen.

Zu allem Überfluss kommt der Ober an unseren Tisch, fragt den Fremden nach seinen Wünschen.

„Sorry, wir gehen gleich. Wenn Sie uns die Rechnung bringen", sagt der ganz ruhig und massiert jetzt sanft meine Perle.

Ich glaube, dass ich ganz rot geworden bin, jedenfalls fühlt sich mein Gesicht heiß an. Krampfhaft bemühe ich mich nicht weiter aufzufallen. Was ist nur los mit mir! Es ist mir einfach nicht möglich, sich gegen seine zärtliche Berührung zu wehren.

Achselzuckend wendet sich der Kellner ab, während der Fremde einen Eiswürfel aus der Karaffe fischt. Ehe ich mich versehe, wandert er damit meinen Oberschenkel

hinauf. Die feuchte Kälte lässt mich erschauern. Er umkreist meine Perle, schiebt
das Eis schließlich tief in meine heiße Spalte.

Inzwischen ist der Ober mit der Rechnung
erschienen. Er mustert mich kurz und ab-
schätzend. Ich bin wohl tatsächlich rot an-
gelaufen. Doch das ist mir inzwischen egal.
Der Fremde legt das Geld für meinen Wein
auf den Tisch und nimmt meine Hand.

„Komm", sagt er, nicht mehr.

Langsam stehe ich auf, merke, wie
Schmelzwasser und meine Erregung den
String durchweichen. Etwas wackelig und
irgendwie willenlos gehe ich neben dem
Mann her.

Im nahegelegenen Park führt er mich zu
einer entlegenen Stelle. Hier ist kein
Mensch.

„Ich habe schon vorhin am Strand bemerkt,
wie geil du bist", flüstert er mit rauer Stimme, presst mich gegen einen Baumstamm.
„Sag es."

Oh ja, ich bin geil und ich will ihn jetzt und
sofort. Trotzdem kann ich es nicht sagen.

Er küsst mich leidenschaftlich, presst sich
an mich. Seine Hand wandert unter mein
Kleid, taucht in meine nasse Pussy.

„Sag es. Bist du geil? Willst du, dass ich dich kommen lasse?", knurrt er.

Der Baumstamm in meinem Rücken, die Berührung seiner harten Erregung, seine Finger in mir - das alles macht mich noch heißer. Plötzlich ist mir alles egal.

„Ja", wimmere ich. „Ich bin geil! Bitte ..."

„Bitte was? Was willst du?"

In diesem Augenblick schaltet sich mein Gehirn komplett aus. „Ich will dich. Ich will, dass du mich nimmst."

„Warum nicht gleich so."

Mit einem Ruck dreht er mich um, beugt mich vor. Ich fühle seine Hände, die meinen Po kneten. Er lässt einen Augenblick von mir ab, ich höre wie er den Reißverschluss seiner Jeans öffnet. Wieder gleitet seine Hand zwischen meine Schenkel, schiebt den String zur Seite. Im nächsten Moment ist er in mir, hart und rücksichtslos. Jeder Stoß entlockt mir ein wohliges Stöhnen.

„Gefällt dir das?"

„Ja", keuche ich. „Es gefällt mir."

Er erhöht das Tempo, umfasst meine Hüften fester mit seinen Händen, zieht mich mit jedem Stoß näher an sich heran. Mein Körper spannt sich an, noch ein heftiger Stoß, ich schreie laut auf, dann rollt ein Orgasmus über mich hinweg.

Nach einem Moment löst er sich von mir, lehnt sich schwer atmend gegen den Baum.
„Jetzt will ich dich auf den Knien haben."
Zögernd tue ich was er sagt. Seine glänzende Erektion ragt mir entgegen, seine Hände umfassen meinen Kopf, ziehen mich näher. Erst zaghaft, dann immer lustvoller umschließen meine Lippen sein Glied, gleiten vor und zurück, während er das Tempo bestimmt. Ich schmecke seine Lusttropfen, umfasse seinen Po, knete ihn. Sein Glied wird noch härter. Er will doch wohl nicht in meinem Mund kommen? Bevor er sich ergießt ziehe ich den Kopf weg.
Langsam setzt er sich neben mich auf den Boden, greift in die Hosentasche, fischt eine Packung Taschentücher heraus.

Wenig später legt den Arm um mich. „Du bist eine Wahnsinnsfrau", sagt er immer noch atemlos. „Das habe ich mir gleich gedacht, als ich dich gesehen habe."
Ich schlage verlegen die Augen nieder. „So etwas ist mir noch nie passiert, das musst du mir glauben."
Jetzt, wo ich wieder klar danken kann, möchte ich am liebsten im Erdboden versinken. Was ist nur in mich gefahren, Sex mit einem völlig Unbekannten zu haben. Was soll er nur von mir denken?

Ganz klar - er denkt, dass ich eine hergelaufene Tussi bin, die sich von jedem x beliebigen Typen bumsen lässt.

Seine Hand fasst unter mein Kinn, hebt meinen Kopf an. Zögernd schaue ich ihm in die Augen, sehe ein belustigtes Aufblitzen. „So, so, das hast du noch nie gemacht? Wie schmeichelhaft für mich", sagt er grinsend. „Aber es hat dir doch gefallen? Jedenfalls hatte ich stark den Eindruck."

„Ähm ... na ja ... schon ... trotzdem binichkeineSchlampedie ...", verzweifelt verstumme ich. Was soll ich auch sagen, die Tatsachen sprechen für sich.

Plötzlich wird er ernst. „Ich glaube dir ja."

Nur dieser eine Satz, mehr nicht, doch er lässt mein Herz höher schlagen. Ich versuche es mit einem zaghaften Lächeln. „Es freut mich. Ich glaube dir, dass du mir glaubst."

Huch, schon wieder so ein dämlicher Satz. Dieser Mann bringt mich in jeder Beziehung aus dem Gleichgewicht.

„Übrigens hat es noch keiner gewagt, mich so überfallartig und frech rumzukriegen. Das war unfair", sage ich schnell, damit er den Satz vorher vergisst.

„Unfair aber effektiv."

Er steht auf und reicht mir die Hand. „Jetzt sollten wir in Ruhe etwas trinken und uns vernünftig miteinander bekanntmachen. Obwohl, irgendwie bekannt sind wir ja schon miteinander. Was meinst du?"

Gern lasse ich mir aufhelfen. Die Gedanken in meinem Kopf purzeln durcheinander.

„Du willst mich kennenlernen?", frage ich zögernd.

Die prompte Antwort überzeugt mich. „Aber natürlich. So eine tolle Frau wie dich findet man nicht oft. Ich würde dich gern näher kennenlernen. Erst einmal: Ich heißt Marc."

Jetzt muss ich breit lächeln. „Okay, lass uns doch mit einem Kaffee anfangen. Aber bitte nicht in der Bodega von vorhin. Übrigens, ich bin Sara."

 Wir sitzen uns gegenüber.

Ich habe eine Tasse Cappuccino vor mit stehen, er einen Espresso. Er langt über den Tisch, nimmt meine Hand und reibt sanft über mein Handgelenk, dort, wo der Puls zu fühlen ist. „Das vorhin war sehr erregend. Ich würde es gern wiederholen. Ich möchte eine ganze Menge mit dir anstellen. Glaub mir, es würde dir eine ungeahnte Befriedigung verschaffen. Davon bin ich überzeugt. Du bist genau die Richtige."

Ich ziehe meine Hand lieber weg, denn ich bekomme schon wieder Herzklopfen. Das sollte er lieber nicht mitkriegen. Allerdings wird mir gleichzeitig ganz heiß. Ich merke, wie mir schon wieder die Röte ins Gesicht steigt.

„Wie meinst du das?", frage ich. „Wieso glaubst du, dass ich bisher keine ‚ungeahnte Befriedigung' hatte", setzte ich hinzu, wobei ich versuche ironisch zu klingen. So richtig gelingt mir das allerdings nicht.

Er schaut mich wissend an. „Nun, ich glaube einfach nicht, dass du bisher über kleine Fesselspielchen hinausgekommen bist, wenn überhaupt. Ich würde dir einen viel weitergehenden Genuss verschaffen", sagt er langsam. Ein prüfender Blick, bevor er fortfährt. „Allerdings musst du mir vollkommen vertraust, dich mir unterwerfen und dich in meine Hände geben."

„In deine Hände geben? Was soll das genau bedeuten? Ist das so ein Sadomaso Ding? Willst du mich fesseln, knebeln und dann verprügeln, oder was?" Irgendwie habe ich feuchte Hände bekommen und nicht nur das. Zwischen meinen Beinen kribbelte es schon wieder. Schnell nahm ich einen Schluck aus meiner Cappuccino Tasse.

„Ich würde dich strafen, ja. Aber nur, wenn du ungehorsam bist. Dabei würde ich aber niemals über deine Grenzen hinausgehen. Natürlich steht es dir jederzeit frei, das Spiel zu beenden. Im Übrigen würde ich nie etwas von dir verlangen, was du nicht frei-willig tun würdest. Ich würde dir deine ge-heimsten Wünsche erfüllen. Vertrauen ist ganz wichtig. Ohne das geht gar nichts."

Wieder nimmt er meine Hand und dieses Mal überlasse ich sie ihm, obwohl sie ein wenig glitschig, weil schweißnass ist.

„Weißt du, ich habe dich gesehen und wuss-te genau, dass du die Richtige bist. Das hört sich jetzt kitschig an, aber es war wirklich so. Ich bin dir vom Strand aus gefolgt und habe dich aus einem Impuls heraus ver-führt. Du bist ja auch all zu willig auf das Spiel eingegangen. Ich kann mir noch so viel mehr zwischen uns vorstellen. Wenn du ehrlich bist, dann geht es dir genauso."

Mein Kopf nickte ganz von allein, denn dieser Mann machte mich tatsächlich unheimlich an.

Wie oben erwähnt: So etwas war mir noch nie passiert. Nicht, dass ich noch nie mit einem Mann geschlafen hätte.

Na ja, anders herum halten sich meine sexuellen Erfahrungen bisher in Grenzen. Der Sex war immer ganz okay, ich bin hin und wieder auf meine Kosten gekommen. Aber bisher hatte ich weder einen One Night Stand, noch bin ich spontan mit einem Typen in die Kiste gehüpft, mit dem ich nicht fest zusammen war.

Aber im Moment bin ich sowieso solo. Warum also kein Urlaubsflirt? Warum sich nicht einfach fallen lassen, etwas Neues ausprobieren. Ich kann die ganze Sache immer noch beenden, wenn ich mich dabei unwohl fühle.

Marc sitzt mir abwartend, aber völlig entspannt gegenüber. Er scheint zu erraten, was mir durch den Kopf geht.

„Wir sind beide im Urlaub. Lass dich einfach mal fallen", spricht er meine Gedanken aus. „Es ist ja nur ein Urlaubsflirt. Nicht mehr."

Ich schaue ihm in die Augen, bin schon wieder ganz fasziniert. „Warum eigentlich nicht. Aber es soll auch nur ein Urlaubsflirt bleiben. Mehr will ich nicht von dir. Ich will keine längerfristige Beziehung. Schon gar nicht auf dieser Basis. Das ist mir ganz wichtig. Wenn ich nach Hause fahre, dann will ich mit einem Kribbeln an dich zurückdenken, weiter nichts."

Er lächelt zufrieden. „Das ist ganz in meinem Sinn. Ich zahle jetzt und dann beginnen wir mit Lektion Nummer Eins", er stockt. „Eigentlich ja mit Lektion Nummer Zwei. Ist es in Ordnung, wenn wir zu mir nach Hause gehen? Mein Haus ist von hier aus bequem zu Fuß zu erreichen. Oder möchtest du lieber in ein Hotel? Das könnte ich verstehen. Allerdings ist es bei mir daheim natürlich intimer. Du kannst mir wirklich vertrauen."

„Ich vertraue Dir", erkläre ich mutiger als ich in Wirklichkeit bin.

„Okay", er winkt dem Kellner.

Nun sind wir also auf dem Weg zu seinem Haus. Einerseits will ich es, habe mich für das Abenteuer mit ihm entschieden, andererseits kann ich selbst kaum glauben, was ich hier mache. Mein Körper scheint ein komplettes Eigenleben zu führen.

Während ich in Gedanken versunken bin, versucht sich Marc im Smalltalk. „Also wie gesagt, ich bin Marc. Marc Vareno. Eigentlich lebe ich in Hamburg. Dies hier ist mein Feriendomizil. Geplant war, dass ich zum Wochenende wieder zurückfahre, aber ich könnte den Urlaub verlängern. Das wäre kein Problem." Er sieht mich erwartungsvoll an.

„Ähm, ja", ich räuspere mich.

„Wie sieht es mit dir aus? Wo bist du zu Hause? Wie lange bleibst du noch?"

„Bin gerade erst angekommen und verbringe die kommenden zwei Wochen hier. Ich wohne im Hotel Dahlie, direkt am Strand. Ach ja und ich heiße Sara von Termersch. Ich lebe in der Nähe von Hannover, in einem kleineren Ort", erkläre ich zerstreut. „Ehe du fragst, das ‚von' ist verarmter Adel, nicht erwähnenswert. Also bitte keine dummen Sprüche darüber."

„Eine Prinzessin also." Marc registriert, dass ich das Gesicht verziehe. Wahrscheinlich habe ich einfach zu viele Witze über das ‚von' in meinem Namen gehört. Er lenkt das Gespräch geschickt in andere Bahnen. „Hannover und Hamburg, das ist nicht allzu weit auseinander. Falls wir es uns nach dem Urlaub doch noch überlegen und uns weiter treffen wollen."

Ich schüttele den Kopf. „Das ist eher unwahrscheinlich."

„Ich meine ja auch nur. Wer weiß schon, was noch passiert. Was machst du beruflich?" Er scheint ziemlich neugierig zu sein. Ich zögere. Mein Beruf passt so gar nicht zu den Geschehnissen. Es nutzt ja nichts. Ich hole tief Luft. „Ich bin Lehrerin. Ich gebe Latein und Mathe, um genau zu sein. Wehe du lachst jetzt."

Okay, er lacht nicht direkt, aber um seine Mundwinkel zuckt es verdächtig.

„Respekt, das ist ein Studium, das es in sich hat", sagt er stattdessen. „Obwohl ich zugeben muss, dass ich das jetzt nicht gedacht hätte. Du bist unglaublich leidenschaftlich. Lehrerin, das passt gar nicht, eher die Prinzessin. Jedenfalls in meiner Vorstellung. Aber du belehrst mich ja eines Besseren."

Ich komme nicht mehr dazu zu antworten, denn wir sind vor einem einsam gelegenen, reetgedeckten Haus mitten in den Dünen angekommen. Ein wirklich schönes Anwesen ist das und mit dem blau schimmernden Meer im Hintergrund ein traumhafter, beeindruckender Anblick. Mir verschlägt es für einen Augenblick die Sprache.

Vor dem Haus parkt ein Maserati. Quattroporte lese ich am Fahrzeug. Diesen Wagen habe ich noch nie gesehen und noch nie davon gehört, aber gefällt mir ausgesprochen gut.

Hinzu kommt, dass mir jetzt erst so richtig klar wird, auf was ich mich hier eingelassen habe. Ich kenne diesen Mann überhaupt nicht. Schlimm genug, dass ich Spontansex mit einem Wildfremden hatte. Jetzt folge ich ihm auch noch in sein Haus. Ganz schön naiv. Und wenn er jetzt wer weiß was mit mir vor hat? Ich zögere, will plötzlich ganz schnell weg.

Irgendwie hat er das bemerkt. Bestimmend legt er seine Hand auf meinen Rücken, bittet mich hinein, wobei er einen sanften Druck ausübt.

„Du musst dir keine Sorgen machen. Ich werde nichts tun, was du nicht möchtest. Ganz bestimmt nicht, großes Indianerehrenwort."

Er wirkt so ehrlich, dass ich mich tatsächlich in sein Wohnzimmer führen lasse.

Möchtest du Tee? Ich bin der Welt bester Teekoch", flachst er.

„Ja, bitte, das wäre nett." Vielleicht legt sich meine Anspannung etwas, wenn ich eine Tasse Tee trinke, denke ich.

Während Marc in der Küche verschwindet, lasse ich mich in das weiche Sofa sinken, schaue mich um. Die Einrichtung zeugt von einem guten Geschmack, sieht richtig teuer aus. Er scheint nicht gerade am Hungertuch zu nagen.

Die Aussicht aus dem Panoramafenster fesselt mich, so dass ich gar nicht bemerke, dass er wieder ins Zimmer gekommen ist. Ruhiger bin ich immer noch nicht geworden. Mit zitterigen Fingern nehme ich die Tasse, nippe, spüre seinen brennenden Blick auf mir.

Verlegen setzte ich die Tasse ab. Ob ich wohl das Richtige tue? ‚Für diese Frage ist es etwas zu spät', schelte ich mich in Gedanken.

Seine Stimme holt mich ein. „Du möchtest dich doch sicher frischmachen. Ich zeige dir wo das Bad ist. Wenn du fertig bist, dann gehst du in das Zimmer, das sich genau gegenüber befindet. Es ist ein ganz spezieller Raum", seine Stimme wird ganz sanft. „Ich wünsche, dass du deine Kleidung ablegst und nackt in das Zimmer kommst. Dort kniest du dich neben der Tür auf den Boden", seine Stimme schnurrt geradezu vor Sanftheit, als er ein „Bitte" hinzufügt.

Er nimmt mich bei der Hand, führt mich zum Badezimmer. Meine Gedanken überschlagen sich. Warum zur Hölle sollte ich mich hinknien? Das fängt ja richtig gut an. Doch erst einmal betrete ich das geräumige, ganz in weiß gehaltene Bad. Dort lasse ich mein Kleid zu Boden gleiten, der String folgt.

Die Dusche tut gut, entspannt mich ein wenig. Ich genieße den warmen Wasserstrahl auf meinem Körper. Doch ewig kann ich nicht hier stehen bleiben.

Abgetrocknet, aber noch in das große Duschtuch gewickelt begebe ich mich in das Zimmer gegenüber.

Hier lege ich zögernd das Handtuch ab, sehe mich um. Die Einrichtung ist ziemlich schräg. Es gibt ein wuchtiges, schwarz bezogenes Bett, das Schlingen an allen vier Ecken hat. Daneben steht ein großer Sessel. Weiter hinten steht etwas, das wie eine gepolsterte Bank aussieht. Auch eine Art Sprossenwand gibt es. Das Ding erinnert mich irgendwie an den Schulsport, nur, dass in der Turnhalle keine Fesseln an der Sprossenwand sind. Ach ja, und eine Kommode steht an der Wand. Darüber hängen Peitschen in allen Variationen.

Ich komme nicht dazu, mich weiter umzusehen, denn Marc steht plötzlich vor mir. Ich habe vor lauter Verblüffung über die Einrichtung gar nicht bemerkt, dass er hereingekommen ist.

„Ich hatte dir befohlen, dich hinzuknien", sagt er hart.

Er kommt mir ganz anders vor als vorhin. Streng und herrisch und nicht sanft und nett.

„Ungehorsam wird bestraft, dass solltest du dir denken können. Jetzt spreiz die Beine. Aber ein bisschen plötzlich."

‚So schlimm wird es mit der Bestrafung schon nicht sein', denke ich, spreche das aber vorsichtshalber nicht aus und leiste seiner Anweisung willig folge.

Wieder reagiert mein Körper sofort auf ihn. Sein Finger gleitet mühelos in mich. Er spielt mit mir. Ich stöhne frustriert auf, als er einfach aufhört.

Schnell zieht er mich an sich, küsst mich leidenschaftlich. Unsere Zungen spielen miteinander. Seine Hände streichen über meinen Rücken, dann löst er sich von mir, bedeutet mir, mich umzudrehen. Ehe ich es richtig merke, hat er meine Hände hinter meinem Rücken fixiert. Weiche Manschetten schmiegen sich um die Gelenke. Ich bin gefesselt.

„Jetzt werde ich dich für deinen Ungehorsam bestrafen. Du hast es herausgefordert. Das nächste Mal wirst du meine Anweisungen strikt befolgen."

Hat er das wirklich gesagt? Probehalber zerre ich an den Fesseln, merke, dass ich mich nicht befreien kann. Obwohl ich Angst bekomme, kribbelt es angenehm zwischen meinen Beinen.

Ich lasse mich von ihm zum Sessel führen. Hier muss ich mich bäuchlings auf seinen Schoß legen, wo er mich mit festem Griff in Position hält. Seine freie Hand streicht über meine Pobacken, knetet sie sanft. Das unbeschreibliche Gefühl lässt mich allen Widerstand vergessen. Ein wohliger Schauer überkommt mich. Ohne die Liebkosung meines Pos zu unterbrechen beginnt er meine Brüste zu streicheln, die aufgerichteten Knospen zu zwirbeln. Wenn es möglich ist, werde noch feuchter, winde mich auf seinem Schoß vor Lust, spüre seine Erektion, was mich noch weiter anmacht.

Unvermittelt trifft mich der Hieb, lässt mich keuchen.

Schon hat er seine Hand auf die brennende Stelle gelegt, streicht darüber.

„Das war Schlag Nummer Eins", sagt er sehr sanft. „Du bekommst zehn Schläge, ich will, dass du laut mitzählst. Wenn du das gehorsam tust, werde ich dich nicht weiter bestrafen. Wenn nicht ..."

Wieder saust seine Hand herunter.

„Eins ...", flüstere ich.

„Lauter, ich kann dich nicht hören", und während er mich wieder streichelt fügt er amüsiert hinzu: „Das war übrigens der Schlag Nummer Zwei."

„Zwei", widerhole ich folgsam und lauter.

„Okay". Der nächste Hieb folgt.

„Drei!"

Die weiteren Schläge werden immer fester, treiben mir die Tränen in die Augen. Doch ich zähle laut mit.

Während dieser Bestrafung passiert etwas Merkwürdiges. Obwohl mir die Tränen über das Gesicht laufen, obwohl ich mich vor Schmerz winde, bin ich voller Begierde. Sein Streicheln nach jedem Schlag verwandelt den Schmerz in lustvolles Brennen.

Schließlich habe ich die zehn Hiebe bekommen, hänge schluchzend über seinen Beinen.

Behutsam hilft er mir auf, wischt sanft die Tränen fort, küsst zart meine Lippen. Doch trotz aller Tortur bin ich bis zur Unerträglichkeit erregt, will endlich meine Erfüllung, will von ihm genommen werden.

Er weiß das, führt mich zum Bett, bedeutet mir, mich vor ihn zu knien. Zitternd vor Lust strecke ich mich ihm entgegen. Er greift zwischen meine Beine, taucht mühelos in die Nässe.

„Ich wusste, dass du bereit für mich bist", knurrt er, fasst meine Hüften, dringt hart in mich ein. Dann zieht er sich fast ganz zurück, um gleich darauf wieder zuzustoßen. Ich zittere, bebe unter den intensiven, auslandenden Stößen, dränge mich ihm entgegen. Schließlich kann ich mich nicht mehr beherrschen, schreie meine Lust heraus, merke, wie er sich in mir entlädt.

Keuchend liegen wir nebeneinander. Er hat seinen Arm über mich gelegt. Das fühlt sich irgendwie beschützend an. Gemeinsam genießen wir die angenehme Ermattung unser Körper.

„Ich hatte eine solche Angst", sage ich schließlich leise.

Er nimmt mich fest in den Arm. „Das weiß ich. Ich hoffe, dass ich dir die Angst nehmen konnte und du es in vollen Zügen genießen konntest."

Ich hole tief Atem. „Oh ja. Das war ...", ich suche nach Worten. „Das war einfach unglaublich. Ich bin gespannt auf Lektion Drei."

Sein lautes Auflachen lässt mich grinsen.

„Ich merke schon, du bist unersättlich. Da habe ich mir etwas Schönes eingebrockt. Alles zu seiner Zeit. Jetzt sollten wir erst einmal zu Abend essen."

Verblüfft registriere ich, dass die Dämmerung bereits heraufgezogen ist. Gleichzeitig meldet sich mein Magen mit einem lauten Knurren, schließlich habe ich heute bis auf das Frühstück gar nichts gegessen.

„Gute Idee", stelle ich deshalb fest.

„Was meinst du, sollen wir zum Essen ausgehen? Ich könnte allerdings auch den Grill anwerfen. Ich hätte Steaks oder Fisch zur Auswahl. Salat ist auch im Kühlschrank. "

Ich gähne, recke mich genüsslich. „Es wäre schön, wenn wir hier etwas essen könnten. Ich habe eigentlich keine Lust erst ins Hotel zu gehen und mich umzuziehen. Mein Kleid ist nämlich ziemlich derangiert und nur in ein Handtuch gewickelt in ein Restaurant gehen? Ich weiß nicht, ob das eine gute Idee wäre."

„Das stimmt, zumal ich dich im Laufe das Abends sicherlich auswickeln würde wie ein Geschenk. Ich könnte einfach nicht widerstehen." Er hat ein verdammt sexy Lächeln. Irgendwie jungenhaft. Am Liebsten

würde ich ihm die Haare noch mehr ver-
strubbeln. Er hievt sich aus dem Bett, tapst
zur Tür.

„Ich würde dich ja mitnehmen unter die
Dusche, aber ich garantiere für nichts. Wer
weiß, ob und wann wir dann zum Essen
kommen würden", ruft er mir über die
Schulter zu.

Während ich mich auf die Seite rolle und
meinen Kopf auf dem angewinkelten Arm
abstütze, schaue ich mir seine wohlgeform-
te Rückseite an. „Das können wir nicht ris-
kieren. Nachher brichst du mir noch vor
Entkräftung zusammen, mein Lieber", grin-
se ich.

Er dreht sich herum, fixiert mich amüsiert.
„Du oder ich, meine Liebe?", kontert er.

„Sagen wir mal wir beide."

Später sitzen wir satt und zufrieden auf seiner Terrasse. Die Sonne ist inzwischen ma-
lerisch untergegangen, hat alles in ein wun-
derschönes rotes Licht getaucht. Marc hat
mir fürsorglich eine Jacke umgelegt. Sie ist
viel zu groß, aber sie riecht wunderbar nach
seinem Parfüm, herb und aufregend. Ich
kuschele mich hinein, würde sie am liebsten
nie wieder ausziehen.

Der gegrillte Fisch war vorzüglich, der Wein
genau richtig dazu. Jetzt fühle ich mich

wunderbar entspannt, schaue ihn aufmerksam an. Wie er so harmlos dasitzt, kann ich mir fast nicht vorstellen, dass er mir vor ein paar Stunden den Hintern versohlt und mich dann befriedigt hat, wie ich noch nie zuvor befriedigt worden bin.

Er erwidert meinen Blick. „Ich frage mich wie es weitergeht."

Ich zucke mit den Schultern. „Ehrlich gesagt weiß ich das auch nicht so genau. Wer hätte schon damit gerechnet, dass so etwas passiert. Wie wir gesagt haben, soll es nur eine kleine Geschichte nebenbei zwischen uns sein."

„Ich werde auf jeden Fall meinen Urlaub verlängern. Das ist kein Problem, das habe ich dir ja schon vorhin gesagt. Die Firma kann gut noch eine weitere Woche ohne mich auskommen. Zur Not auch 14 Tage. Vielleicht muss ich kurz zurück nach Hamburg, aber das wird nicht lange dauern."

„Das kannst du dir leisten?", frage ich skeptisch interessiert. „Gehört dir die Firma, oder was?"

„Erraten. Im Moment läuft alles super, da kann ich mir noch ein paar freie Tage leisten. Es gibt natürlich auch Zeiten, in denen ich 16 Stunden am Tag arbeite. Es kommt ganz darauf an. Im Moment jedenfalls sieht es gut aus."

Diese Ansage verblüfft mich. Obwohl - ich hätte es mir denken können. Das tolle Haus, das ihm offensichtlich gehört, die teure Einrichtung. Der Wagen vor der Tür. Ich versuche ziemlich cool zu gucken.

„Okay. Es würde mich freuen, wenn wir ein paar Urlaubstage miteinander verbringen könnten. Lass uns sehen, wie es weitergeht. Ich glaube einen Plan brauchen wir nicht wirklich."

Er nickt zustimmend. „Das ist ein guter Plan. Du bleibst doch über Nacht hier, nicht wahr!"

„Sei mir nicht böse, aber ich würde lieber zurück ins Hotel gehen. Heute ist so viel passiert, das muss ich erst einmal verarbeiten."

Eigentlich wäre ich schon gern über Nacht geblieben, aber ich bin tatsächlich immer noch durcheinander. Solange ich in seiner Nähe bin, kann ich irgendwie nicht klar denken. Mein Körper regiert total auf ihn und das Gehirn schaltet sich aus. Ich will lieber allein schlafen, falls ich schlafen kann. Er zuckt bedauernd mit den Schultern. „Das ist schade, aber nicht zu ändern. Ich bringe dich zu deinem Hotel, wenn du das möchtest. Ich verspreche dir auch, ganz brav zu sein."

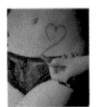 Ich blinzele.

Wider erwarten habe ich gut geschlafen.

Marc hatte mich gestern Abend wirklich bis zum Hotel begleitet, so wie er es gesagt hatte. Wir waren Hand in Hand im Mondschein durch die Dünen spaziert. Der laue Wind streichelte meine immer noch (oder schon wieder) erhitzte Haut. Obwohl mir total warm war, hatte ich seine Jacke nicht ausgezogen. Weil es toll war, in seinen Duft eingehüllt zu sein und weil es eben seine Jacke war. Am Hotel angekommen nahm er mich in den Arm und küsste mich so intensiv, dass mir ganz schwindelig wurde.

„Schlaf gut, Prinzessin", flüsterte er mir anschließend zu. „Wir sehen uns morgen." Dann schlenderte er davon, die Hände in den Hosentaschen.

„Wir sehen uns morgen, klar. Schließlich muss ich dir deine Jacke wiedergeben", rief ich ihm hinterher. „Oder auch nicht", fügte ich sehr leise hinzu.

Zu spät fiel mir ein, dass wir keine Verabredung getroffen hatten. Ich nahm mir vor, ihn gleich morgen früh anzurufen.

Mist … ich hatte ja gar keine Telefonnummer. Und was jetzt? Was, wenn er sich überhaupt nicht mehr melden würde? Ich würde auf keinen Fall einfach uneingeladen bei ihm auftauchen. Wie sah das denn aus!

,Jetzt ist es aber genug', rief ich mich zur Ordnung. Er würde sich schon melden. Und wenn nicht ...

C'est la vie.

Dann würde ich mir einen schönen Urlaub machen und nicht mehr an ihn denken.

Doch vorerst dachte ich sehr wohl an ihn. Mit einem Glas Rotwein aus der Minibar machte ich es mir auf dem Balkon bequem, betrachtete den Sternenhimmel, an dem der Mond wie eine dicke strahlende Kugel hing und ließ den Tag Revue passieren.

Es war einfach nicht zu fassen, dass es jemanden, der so nett, freundlich und vertrauenerweckend aussah wie Marc anmachte, seine Partnerin zu schlagen. Ob ich ihn direkt fragen könnte, wieso das so war? Oder war er einfach ein bisschen pervers und würde mir gar nicht antworten können. Gerechterweise musste ich zugeben, dass es mich ganz schön heiß gemacht hatte, geschlagen zu werden. Das hatte ich mir bis zu diesem Tag auch nicht vorstellen können. Bisher war Sex für mich ein nettes Zwischenspiel, auf das ich auch gut mal verzichten konnte, das mich im besten Fall entspannte. So wie Marc hatte mich noch kein

Mann erregt. War ich also auch ein bisschen pervers? Perversität hin oder her, es hatte einen unglaublichen Spaß gemacht.

Der Gedanke an seinen aufregenden Körper, an das, was er mit mir angestellt hatte, ließ mich schon wieder feucht werden.

Bloß nicht, jetzt war es aber genug.

Entschlossen trank ich mein Glas aus, machte mich bettfertig und kuschelte mich ein. Mit dem wohligen Gedanken an seine Hände auf meinem Körper war ich tatsächlich sofort eingeschlafen.

Mein Handy klingelt.

‚Marc, das ist Marc!', denke ich. Natürlich ist das verflixte Teil wieder ganz unten in meine Tasche gerutscht, so dass ich eine Weile brauchte, um es herauszufischen.

„Hallo, geht es dir gut", hauche ich.

Ein verblüfftes Schweigen folgt. „Na ja, den Umständen entsprechen. Ich liege auf dem Sofa, der verflixte Dackel hat es sich übrigens neben mir bequem gemacht. Ich male mir aus, wie es sein könnte, jetzt im Meer zu schwimmen und anschließend im warmen Sand zu relaxen. Du scheinst gut angekommen zu sein?"

Hölle! Das ist mitnichten mein neuer Lover, sondern meine Freundin.

„Hallo Silke. Schön, dass du anrufst. Ich wollte mich gestern schon bei dir melden, aber es ist etwas dazwischengekommen", ich unterdrücke mit aller Gewalt ein Kichern. Dazwischengekommen, das ist eine gute Umschreibung für das, war mir gestern widerfahren ist.

Silke schweigt einen Moment irritiert. „Sag mal, hast du was genommen? Ist wirklich alles in Ordnung bei dir? Du klingst komisch, irgendwie nicht zurechnungsfähig."

„Nein, alles in bester Ordnung", strahle ich mein Handy an. „Es ist gestern etwas turbulent gewesen. Ich habe nämlich einen Megatypen kennengelernt. Du kannst dir gar nicht vorstellen, wie sexy und aufregend der ist."

„Du meine Güte, das ging aber schnell. Nicht, dass ich es dir nicht gönnen würde. Ich liege ja nur mit einem doppelten Beinbruch flach, habe als einzigen Kerl meinen Dackel neben mir und langweile mich zu Tode. Erzähl schon. Meinst du, dass es etwas wird mit dem Megatypen? Ich würd es dir gönnen. Vielleicht ergibt sich die Gelegenheit für einen richtig tollen Urlaubsflirt mit geilem Sex. Wer weiß."

Jetzt kann ich das Kichern einfach nicht unterdrücken. Es perlt aus mir heraus, entwickelt sich zu einem glücklichen Lachen.

„Nein, sag jetzt nicht, dass du mit ihm ... du doch nicht ... das glaube ich nicht ... echt jetzt ...", meine Freundin japst hörbar nach Luft.

„Doch und es war das Aufregendste, was ich jemals erlebt habe. Er hat mich einfach, na ja, wie soll ich dir das erklären ...", plötzlich weiß ich nicht, was ich sagen sollt. Unmöglich kann ich Silke erzählen, dass ich Sex mit einem Wildfremden gehabt habe, der darauf steht Frauen zu schlagen.

Meine Freundin scheint zu ahnen, dass etwas nicht stimmt. „Mädel, das geht aber schnell bei dir. Du lässt dich doch sonst nicht sofort ins Bett zerren. Wenn das mal alles so richtig ist. Du bist einmal auf die Nase gefallen und hast dich mühsam wieder bekrabbelt. Wenn das ein Urlaubsflirt ist, dann ist es ja in Ordnung und ich gönne ihn dir. Aber lass es vorerst nicht zu nah an dich herankommen. Gefühlsmäßig, meine ich."

Sie hat ja Recht. Ich seufze. „Ach, Silke, es ist so schade, dass du nicht hier bist. Mach dir mal keine Sorgen. Es ist wirklich nur ein Urlaubsflirt, aber ein sehr aufregender. Ich möchte für ein paar Tage einfach nicht nachdenken und mich treiben lassen. Mehr nicht. Ich glaube überhaupt, dass er kein Mann ist, mit dem man sich ein Leben aufbauen kann. Aber man kann eine Menge

Spaß mit ihm haben. Er hat Sachen mit mir gemacht ... das kannst du dir nicht vorstellen ..."

„Stopp", unterbricht mich meine Freundin rüde. „Das will ich mir auch nicht vorstellen. Hauptsache es geht dir gut und du weißt, was du tust. Pass auf dich auf, ja."

„Versprochen, es ist alles gut. Ehrlich. Jetzt werde ich ganz in Ruhe frühstücken und dann schaue mich mal, wie es weitergeht."

Ich schwebe die Treppe hinunter, in Richtung Speisesaal. Mit der Morgensonne sind alle meine miesen Gedanken verschwunden. ‚Bis morgen' hat er gesagt. Also wird er sich schon melden. Schließlich weiß er wo er mich finden kann.

Ich bin so in Gedanken versunken, dass ich ihn gar nicht bemerke. Erst als er mir an den Arm fasst, schrecke ich auf, versinke in seinen Augen, die heute blau wie das Meer leuchteten.

„Da bist du ja", strahlt er. „Ich hatte mir überlegt mit dir zu frühstücken. Das Frühstücksbuffet hier ist übrigens besonders gut. Also habe ich mich frecher Weise einfach selbst hier her eingeladen. Das ist doch in Ordnung, oder?" Jetzt sieht er fast ein wenig unsicher aus, was mir sehr gut gefällt. Aber der Moment ist schnell vorbei.

„Natürlich, ich freue mich", beeile ich mich zu versichern.

„Dann mal los, ich habe einen Bärenhunger."

Während des Frühstücks schaut er mich nachdenklich an. „Ich habe gestern daran gedacht, dich noch anzurufen und dir eine gute Nacht zu wünschen. Aber ich habe es gelassen. Du wolltest allein schlafen, das habe ich akzeptiert. Hast du deine Meinung geändert? Du kannst während deines Urlaubs gern bei mir wohnen. Das ist gar kein Problem."

Ich hole tief Luft. „Nein, das habe ich nicht. Ich möchte etwas Abstand. Es war", ich zögere, suche nach den richtigen Worten. „Es war aufregend mit dir und unglaublich geil und trotzdem kannst du so zärtlich sein und überhaupt würde ich dich gern besser kennenlernen. Weil - so was habe ich noch nie erlebt. Obwohl ich schon Sex hatte. Also, nicht jede Menge jetzt, aber hin und wieder. Aber so wenig auch nicht, wenn du verstehst ..."

Die Wortsuche ist nicht so richtig gelungen, es sprudelt ungefiltert aus mir heraus. Jetzt verstumme ich frustriert.

Er hört mir mit seinem frechen Grinsen zu. „Ich fasse zusammen: Es hat dir gefallen. Du würdest die Lektionen also gern fortsetzen."

„Ja!"

„Ja?"

Ja, wirklich. Wenn ich nur daran denke, was du mit mir gemacht hast ..."

Er greift über den Tisch, nimmt meine Hand, haucht einen Kuss auf die Innenseite. „Dann wirst du mir jetzt gehorchen. Streich-

le dich. Fang mit der Innenseite des Ober-
schenkels an."

Ich starre ihn verblüfft an. „Was? Jetzt?
Hier? Sofort?"

Mich trifft ein strenger Blick. „Du willst
doch nicht bestraft werden, oder?"

Während ich mich panisch, aber diskret
umschaue schiebe ich vorsichtig mein Kleid
hoch, lege die Hand auf meinen Oberschenkel. Zum Glück sind die Tischdecken hier
ziemlich lang.

„Jetzt streichelst du dich zwischen den Beinen. Und sieh mich an."

Gehorsam hebe ich den Blick, lasse meine
Finger in den String gleiten. Sofort bekomme ich eine Gänsehaut. Ich habe Angst, dass
jemand bemerkt, was ich hier treibe.
Gleichzeitig erregt mich die Situation. Während ich mich langsam massiere, werde ich
klitschnass.

„Kann ich das abräumen?"

Ich ziehe die Finger weg, als hätte ich mich
verbrannt.

‚Inzwischen ist es fast ein Dauerzustand für
mich, einen roten Kopf zu haben', denke ich
ironisch.

Der Kellner scheint nichts zu bemerken. Er
räumt die gebrauchten Teller ab, ohne mich
weiter zu beachten.

Marc wartet, bis der Ober sich entfernt hat. „Tunk den Zeigefinger in deinen Joghurt, ich möchte kosten", befiehlt er, lacht leise auf. „Die andere Hand meine ich."

Mit zitternden Händen folge ich seinem Wunsch. Seine Lippen umschließen genussvoll meinen Finger. „Das schmeckt hervorragend", lächelt er. „Ich glaube, ich hole mir auch etwas davon, obwohl der besondere Geschmack fehlt."

Ich schiebe meine Schüssel weg. Mein Blutdruck ist in ungeahnte Höhen gestiegen, zwischen meinen Beinen pocht es und ich bin richtig, richtig nass. Ich will Marc in mir spüren und zwar sofort. Doch der steht gelassen auf, schlendert zum Buffet, kommt tatsächlich mit einer kleinen Schüssel, gefüllt mit Joghurt zurück. Gemütlich setzt er sich wieder, isst betont langsam.

Ich kann mich nicht beherrschen. "Mistkerl", zische ich.

Er leckt seinen Löffel ab. „Wie bitte?"

„Du hast mich schon ganz gut verstanden. Wie kannst du mich so zappeln lassen? Ich will sofort ..."

„Du hast nichts zu wollen", unterbricht er mich mit einem gefährlichen Funkeln in den Augen. Nebenher registriere ich, dass sie plötzlich stahlgrau aussehen.

„Du hast das zu tun, was ich dir befehle."
Nach diesem Satz isst er in aller Seelenruhe
weiter.
Ich starre ihn mit offenem Mund an. Das
habe ich mir ganz anders vorgestellt. Nervös spiele ich mit meiner Serviette, warte,
dass er endlich aufgegessen hat.
Schließlich ist er fertig, schaut mich kalt
über den Tisch hinweg an. „Jetzt zu dir. Wir
werden auf dein Zimmer gehen. Dort entscheide ich, wie ich mit dir verfahren werde."
Willenlos und total schockiert stehe ich auf,
folge ihm in den Aufzug.

Mit einem leisen Glockenton öffnet sich die
Aufzugtür. Wir treten in den Gang hinaus.
Er bedeutet mir vorauszugehen.
Vor meiner Zimmertür bleibe ich stehen,
bekomme vor Aufregung kein Wort heraus,
trotzdem bin ich erregt. Es dauert einen
Moment, bis ich die Schlüsselkarte richtig
herum ins Schloss gesteckt habe. Marc steht
dicht hinter mir, was mich auch nicht ruhiger werden lässt. Schließlich lässt sich die
Tür öffnen.
Wir treten ein. Kaum hat er das ‚Please
Don't Disturb' Schild an die Türklinge gehängt, kommt er drohend auf mich zu.

„Du bist verdammt ungehorsam. Ich werde dir beibringen was es heißt, so mit mir zu reden!"

Unwillkürlich weiche ich einen Schritt zurück. „Es tut mir leid", murmele ich.

„Es wird dir noch mehr als leid tun, das kannst du mir glauben. Es heißt: es tut mir leid, Herr."

Ich senke die Augen. „Es tut mir leid, Herr", wiederhole ich.

„Gut. Du hast dich auf das Spiel eingelassen und bist meine Sklavin. Du wirst alles tun, was ich von dir verlange. Egal was es ist. Du wirst nicht reden, wenn ich es dir nicht erlaube. Und vor allem: du wirst keinen Orgasmus haben, wenn ich es dir nicht erlaube. Ist das klar!"

Ich nicke. „Das ist klar, Herr. Es tut mir wirklich leid."

„Kein Wort mehr. Zieh dich aus", sagt er gefährlich leise, macht es sich in einem Sessel bequem, lässt dort einen achtlos von mir abgelegte Seidenschal durch die Finger gleiten.

Er will mir doch wohl nicht schon wieder das Hinterteil versohlen? Sklavin hin oder her, kampflos werde ich nicht aufgeben. Wenn ich mich ausziehen soll, dann will ich ihm dabei ordentlich einheizen. Mal sehen, ob ich ihn nicht scharf machen kann, ohne dass er mich schlägt.

Wortlos lasse ich das dünne Kleid von den Schultern gleiten. Dann drehe ich mich mit dem Rücken zu ihm, lege die Hände unter den Rand meines Strings. Während ich ihn langsam herunterziehe, beuge ich mich vor, gewähre ihm einen großzügigen Blick auf meinen Po. Noch die Schuhe, dann drehe ich mich langsam zu ihm um.

Er sieht mich mit glänzenden Augen an.

„Sehr schön, jetzt werde ich dich ficken, du kleine Schlampe."

„Verdammt! Ich bin keine Schlampe", entfährt es mir.

Sofort steht er auf, packt meine Handgelenke, schupst mich auf das Bett. Ich lande auf dem Bauch.

„Ich habe dir nicht erlaubt zu reden", knurrt er, zieht meine Arme nach hinten. Ich spüre, dass er mir mit meinem Schal die Hände zusammenbindet.

„Auf die Knie", befielt er.

Ungeschickt schiebe ich die Knie unter meinen Körper. Als ich mich aufzurichten versuche, drückt er meinen Oberkörper wieder auf das Bett, so dass mein Po sich ihm steil entgegenreckt.

Seine Hände wandern über meine Schultern, den Rücken, bis zum Hinterteil, wo er so fest zupackt, dass ich vor Schmerz zusammenzucke und leise aufstöhne.

‚Nur nicht schreien‘, denke ich verzweifelt. Die Situation ist beunruhigend und erregend zugleich.

Ein Hieb trifft meinen Po. „Das ist es doch, was du willst. Von mir benutzt werden, ganz so, wie es mir beliebt, du kleine Schlampe. Sag es.“

Ich schüttele den Kopf. Will nicht zugeben, dass mich alles unglaublich anmacht.

Wieder schlägt er zu, dieses Mal fester. „Sag es.“ Er schiebt mir grob die Beine auseinander. „Sag es.“

Ich halte es nicht mehr aus, will ihn endlich in mir spüren. „Ja, Herr, ich möchte, dass du mich benutzt. Ich will von dir gefickt werden“, bricht es aus mir heraus. „Ich bin deine Schlampe, wenn du das möchtest.“

Er kniet sich hinter mich. Ein Geräusch zeigt mir, dass er den Reißverschluss seiner Hose öffnet. Er fasst meine Hüften, dann spüre ich seinen harten Schwanz in mir. Er stößt zu, rau, intensiv, fast brutal. Ich versuche seine Stöße zu erwidern, ihm entgegenzukommen, doch erhält mich eisern fest, erlaubt mir keinen Millimeter Freiheit. Den Kopf in die Kissen gedrückt und den Po emporgereckt bin ich zur Unbeweglichkeit verdammt. Plötzlich hält er inne, bewegt sich dann quälend langsam, spielt mit mir. Ich stöhne, will ihn wieder ganz in mir spüren, höre ihn rau auflachen.

„Jetzt wirst du kommen, ich erlaube es dir." Mit diesen Worten rammt er seinen Schaft in mich, stößt wieder hart zu. Ich zittere, bäume mich auf, die Wellen eines unglaublichen Höhepunktes überrollen mich. Doch er stößt weiter in mich, lässt mir keine Atempause und ich bekomme einen weiteren Orgasmus.

Mit einem festen Schlag auf meinen Po löst er sich von mir. „Ich bin noch nicht fertig mit dir", knurrt er. „Dreh dich um, richte dich auf."

Noch atemlos, aber gehorsam folge ich seinen Anweisungen.

Seine Hände packen meinen Kopf. „Ich will deinen Mund benutzen und dieses Mal wirst du schlucken", befiehlt er.

Gehorsam öffne ich den Mund. Lasse es zu, dass er meinen Kopf vor und zurück bewegt.

Nur ein paar Stöße und ich spüre, wie sein Glied in meinem Mund noch härter wird, pulsiert. Mit einem Stöhnen ergießt er sich in meinem Schlund. Gehorsam schlucke ich seinen Saft.

„Du bist eine ziemlich widerspenstige Person, Prinzessin", sagt er später, nachdem wir unseren Atem wieder unter Kontrolle haben.

Wir liegen eng aneinandergeschmiegt auf dem Bett. Wieder ist er mühelos von einer Rolle in die andere geschlüpft. Vor einer halben Stunde war er noch der Dom, der mich benutzt hat, wie es ihm gefiel. Jetzt ist er der nette, sympathische, aber nicht weniger aufregende Marc.

Er seufzt. „Ob es mir gelingen wird, dich zu zähmen weiß ich nicht. Aber es ist eine reizvolle Aufgabe. Ich werde dich jedenfalls richtig gut einreiten."

„Einreiten, wie das klingt! Vielleicht willst du mich gar nicht wirklich zähmen. Vielleicht genießt du ein wenig Widerspruch", kontere ich, denke: ‚Jetzt oder nie, frag ihn!'

„Sag mal, wieso macht dich das eigentlich an", beginne ich zögernd. „Ich meine, zu befehlen und so." Weiter traue ich mich nicht zu fragen, registriere aber, dass er mich nach wie vor im Arm hält und keine Anzeichen von Stress oder Unwohlsein bei ihm zu spüren sind.

„Ich bin gern dominant und dir gefällt es Befehle zu bekommen, wenn du auch manchmal etwas widerborstig bist. Aber das legt sich noch."

„Das wird sich zeigen. Aber es stimmt. Es macht mich richtig an, wenn du dominant bist. Das habe ich bisher einfach nicht gewusst. Der Sex war immer ganz gut, aber der richtige Kick hat gefehlt", überlege ich laut.

„Das war dann wohl eher der richtige Mann, der gefehlt hat. Ich glaube es hat etwas mit Kontrolle und dem Abgeben der Verantwortung zu tun. Wenigstens stelle ich mir das so vor. Bisher habe ich mir keine großen Gedanken darüber gemacht. Jeder hat halt so seine Vorlieben. Ich habe noch nie etwas getan, was die jeweilige Partnerin nicht gewollt hätte. Du kannst ganz sicher sein, dass ich kein verkorkster Psychopath bin, wenn du das meinst. Ich hatte eine glückliche Kindheit. Meine Eltern lieben sich nach fast 50 Ehejahren immer noch. Mein Liebeskummer hielt sich immer in überschaubaren Bahnen, sogar in der Pubertät. Bislang habe ich, bis auf das obligatorische Knöllchen wegen zu schnellen Fahrens, noch keinen großartigen Kontakt mit der Polizei gehabt. Du kannst also ganz beruhigt sein. Wie sieht es bei dir aus? Gibt es dunkle Geheimnisse?"

„Leider nicht. Keine Geheimnisse. Jedenfalls keine dunklen. Eine ganz normale Kindheit. Eine gescheiterte Beziehung, aber das Kapitel liegt lange hinter mir und hat keine sonderlichen Spuren in meiner Psyche hinterlassen. Ich habe nicht mal ein Knöllchen vorzuweisen. Scheinbar bin ich eine ganz normale, langweilige, wenn nicht zu sagen vorbildliche Person, wenn man von der gegenwärtigen Situation absieht", ich versuche es mit einem sehr unschuldigen Blick und klimpere ein bisschen mit den Wimpern.

„Langweilig würde ich das nicht nennen, was du bist. Soll ich dir das beweisen?"

Mit diesen Worten lässt er seine Hände auf die Wanderschaft gehen. Sie verweilen auf meinen Brüsten, beschäftigen sich eingehend mit den Nippeln, die sich schon wieder steil aufrichten. Er grinst mich an.

„Jetzt wäre mir nach Vanillesex. Wollen wir doch mal sehen, ob dir das auch gefällt. Einfach so, als Zwischenspiel."

Und es gefällt mir, sehr sogar. Denn so richtig Vanille pur - das bekommen wir doch nicht hin. Etwas Bitterschokolade hatte sich dazwischen gemischt und lässt mich wieder fassungslos werden.

„Jetzt sollten wir uns langsam aus dem Bett bewegen. Das Zimmermädchen wird inzwischen mit den Nerven am Ende sein", stelle ich fest.

„Hm." Ein wohliges Brummeln antwortet mir.

„Übrigens habe ich Hunger, großen Hunger." Das ist kein Wunder, denn inzwischen ist es Mittag geworden. „Los, Faulpelz, aufstehen."

„Ist ja gut. Dann will ich dich lieber mal füttern. Sonst bist du mir nachher nicht mehr zu Willen. Obwohl, ich habe da so meine Methoden." Das ist es wieder, das freche Jungengrinsen, das ich so mag.

„Ich weiß. Trotzdem bin ich hier nicht im Urlaub, um den ganzen Tag im Bett zu verbringen, mein lieber Marc."

„Das ist auch nicht nötig. Ich kann dich ebenso auf dem Sessel, auf dem Schreibtisch oder einfach auf dem Teppich nehmen, meine liebe Sara."

„Auch das weiß ich. Deshalb werde ich jetzt eine ausgedehnte Dusche nehmen und mich dann ganz schnell anziehen. Das geht dann so flott, dass du keine Chance bekommst."

Ich strecke ihm die Zunge heraus und verschwinde schnell im Bad. Offensichtlich scheint auch er gesättigt zu sein, sexuell gesehen, meine ich. Denn er macht keine Anstalten mir zu folgen. Trotzdem wickele ich nach dem Duschen vorsichtshalber das

Duschtuch fest um meinen Körper und verlasse erst dann das Bad. Er scheint meine Gedanken lesen zu können, denn er blinzelt mir amüsiert zu, als er an mir vorbeigeht und das Bad ansteuert.

In der letzten Minute allerdings packt er das Duschtuch an einem Zipfel. Ein kräftiger Ruck und ich stehe nackt vor ihm. Mit einer einzigen Bewegung zieht er mich in seine Arme, streicht sanft über meinen Rücken und meinen Po und küsst mich. Ich schließ die Augen, gebe mich fasziniert seinen Berührungen hin.

„Siehst du, Widerstand ist zwecklos. Wenn ich es wollte, könnte ich dich zu jeder Zeit nehmen."

Abrupt lässt er mich los und während ich verwirrt blinzele schließt er langsam die Badezimmertür hinter sich.

Das Leben ist einfach wundervoll, wenigstens im Moment. Marc und ich sehen uns jeden Tag. Schwimmen im Meer, relaxen, bummeln, essen zusammen, verbringen einfach die meiste Zeit miteinander, wie ein ganz normales, frisch verliebtes Paar. Aber gleichzeitig verbindet uns eine ganz besondere Leidenschaft. Wenn es mir auch noch immer nicht gelingt, so devot zu sein wie er es wünscht, habe ich eine Menge gelernt. Auch eine Menge über mich.

Marc macht mich fassungslos, wehrlos. Ich glaube, ich fange an, mich in ihn zu verlieben. Ein ganz kleines bisschen jedenfalls. Nicht zu doll, das habe ich mir ganz fest vorgenommen. Dies ist ein Urlaubsflirt und das soll es auch bleiben, so ist die Abmachung. Deshalb bestehe ich nach wie vor darauf, in meinem Hotelbett zu schlafen. Obwohl wir meistens zu ihm gehen, dort die Abende verbringen. Manchmal besuchen wir einen Club. Aber im Moment ist mir das nicht so besonders wichtig. Wichtig ist das Zusammensein mit ihm.

Trotzdem will ich nicht mit ihm einschlafe und am Morgen mit ihm zusammen aufwachen. So sehr ich das auch insgeheim wünsche. Ich verkneife es mir. Das würde noch mehr Nähe bedeuten, auch noch mehr Intimität, als wir ohnehin schon haben.

Sie finden das unverständlich? Mal ehrlich, ich auch. Besser kann ich es aber auch mir selbst nicht erklären. Vielleicht legt sich meine momentane Verwirrung bald. Dann weiß ich endlich ganz genau, was ich will. Im Moment jedenfalls möchte ich nicht weiter über diese Affäre nachdenken und sie einfach genießen.

Heute halte ich aufgeregt nach ihm Ausschau. Wir sind in einem kleinen Café verabredet. Ich bin sehr nervös, denn ich kann nicht erahnen, was mich heute erwartet. Marc hat mich gestern am späten Abend angerufen und mir mit kühlen Worten befohlen, ihn heute Vormittag hier zu erwarten. Er hat angedeutet, dass er etwas Besonderes mit mir vorhat.

Natürlich (!) habe ich mich an seine Anweisungen gehalten, bin schon frühzeitig aufgelaufen und warte jetzt sehnsüchtig auf ihn, was meine Nervosität noch steigert.

Endlich betritt er das Café, schlendert völlig entspannt zu mir, setzt sich an den Tisch. „Ich denke, wir trinken in aller Ruhe einen Kaffee", erklärt er gelassen, schaut mich intensiv an. Sein Blick lässt mich erschauern, ich fühle mich nackt und schutzlos und genieße es.

„Geht es dir gut, Sara?"

Ich schlage die Augen nieder. „Ja, schon. Ich bin etwas ... sagen wir gespannt."

Mit den Fingerspitzen hebt er mein Kinn an, sacht, zärtlich. „Du vertraust mir doch. Oder möchtest du lieber gehen?"

„Oh, nein", ich schüttele bestimmt den Kopf.

Ein leises Lachen. „Das dachte ich mir. Ja dann. Also erst einmal Kaffee."

Tatsächlich fällt die Nervosität ein wenig von mir ab, macht gespannter Erwartung Platz.

Nachdem wir unseren Kaffee ausgetrunken haben, lächelt er charmant, schiebt mir ein schwarzes Päckchen zu.

„Hier ist ein Geschenk für dich. Ich weiß, dass es dir Freude machen wird."

Ich mustere den kleinen Karton interessiert, nestele an dem Geschenkband.

Seine Mundwinkel zucken, ein amüsiertes Lächeln huscht über sein Gesicht. „Du kannst es natürlich auch hier am Tisch öffnen, aber du solltest dein Geschenk lieber nur betrachten und nicht unbedingt herausnehmen."

So öffne ich das Päckchen ganz vorsichtig, so, als würde es eine Bombe beinhalten. Der

Inhalt lässt mich einmal mehr erröten. Auf schwarzen Samt gebettet finde ich einen kleineren, etwas eiförmigen, aber eher länglichen Gegenstand. Schnell klappe ich das Päckchen wieder zu. Irgendwie kommt mir der Inhalt schlimmer vor als eine Bombe.

„Das ist ein Vibro -Ei", klärt Marc auf. „Du führst es ein, die Fernbedienung habe ich bereits in meiner Tasche. Ach ja, es befindet sich auch noch ein Satz Nippelklemmen in dem Päckchen. Du weißt, was ich von dir erwarte." Das sagt er einfach so und lächelt dabei ein wenig diabolisch.

„Natürlich weiß ich das. Also entschuldige mich für einen Augenblick,", murmele ich, greife mir das Päckchen und verschwinde im Toilettenraum.

Hier schaue ich mir den Inhalt erst einmal genauer an. Das Ei scheint so etwas wie ein kleiner Vibrator zu sein, den Marc mithilfe einer Fernbedienung in Betrieb setzen kann, wann immer er das möchte. Vorsichtig befeuchte ich das Ding mit der Zunge, was eigentlich gar nicht nötig ist. Der Gedanke an das Vibrieren, das allein in der Hand meines Herren liegt, lässt mich ganz von selbst feucht werden.

Die Nippelklemmen entpuppen sich als zwei kleine Zangen, die mit einer feinen goldenen Kette verbunden sind. Vorsichtig lege ich sie an, genieße wider erwarten das leichte Zwicken.

Mit roten Wangen komme ich an den Tisch zurück, wo Marc mich mit einem wissenden Blick erwartet. „Ich dachte mir, dass es dir gefällt. Jetzt können wir gehen."

Er hilft mir in die Jacke, streift dabei wie zufällig meine Brüste. Mein wohliges Seufzen quittiert er mit einem breiten Grinsen. „Jetzt werden wir einen kleinen Einkaufsbummel machen."

Meinen fragenden Blick beantwortet er mit einem Achselzucken: „Lass dich einfach überraschen."

So flanieren wir durch die Einkaufsmeile. Jeder Schritt erinnert mich an die Utensilien, die ich unter meiner Kleidung trage. Ein bisschen schäme ich mich, deshalb versuche ich darauf zu achten, dass meine Jacke vorn nicht allzu weit aufklafft. Ich habe in meiner Aufregung vergessen abzuchecken, ob sich die Nippelklemmen unter meinem Shirt abzeichnen. Wenn jemand das bemerken würde, wäre das mega peinlich für mich. Gleichzeitig macht mich gerade dieser Gedanke heiß.

‚Eigentlich hat er Recht, ich bin eine Schlampe', denke ich mir.

Als hätte ich es laut ausgesprochen greift Marc sich in die Hosentasche, betätigt die Fernbedienung.

„Gefällt dir das?", fragt er betont harmlos.

Das sanfte Vibrieren lässt mich scharf Luft holen. „Bitte schalte keine höhere Stufe ein. Sonst kann ich mich nicht mehr beherrschen und komme hier mitten auf der Straße", flüstere ich schockiert. Etwas verspätet, aber zu Sicherheit füge ich ein devotes „Herr" hinzu.

Er misst mich mit diesem gewissen strengen Blick. „Du wirst erst kommen, wenn ich es dir erlaube. Damit haben wir doch schon unsere Erfahrungen gemacht. Oder muss ich dich wieder bestrafen?"

„Natürlich, das weiß ich, Herr. Eine Bestrafung ist nicht nötig."

Wir sind vor einem Laden angekommen, in dem augenscheinlich Dessous verkauft werden.

Ehe ich reagieren kann, hat er mich bereits durch die Tür geschoben und folgt mir langsam. Wenigstens stellt er die Vibrationen ab, während er der Verkäuferin ein Zeichen gibt. Sie bittet mich in eine der Ankleidekabinen, die eher einem kleinen Zimmer ähnelt, als den herkömmlichen kleinen Kabuffs. Offensichtlich hat Marc sie vorab instruiert.

Sie verschwindet und kommt bald darauf mit einer Korsage und einem dazu passenden String zurück. Dann lässt sie mich mit einem wissenden Lächeln allein.

Ohne zu zögern lege ich die Dessous an, betrachte mich anschließend im Spiegel. Die schwarze Korsage lässt die Brüste komplett frei. Der String, ein Hauch von nichts, passt perfekt. Dazu mein vor Erregung leuchtendes Gesicht mit den strahlenden Augen, die Nippelklemmen mit der feinen goldenen Kette. Ich komme mir ausgesprochen sexy vor.

Ein feines Vibrieren lässt mich erneut erschauern. Marc hat das Vibro - Ei wieder angestellt.

Gleich darauf tritt er zu mir in die Kabine, sieht mich anerkennend und voller Verlangen an. „So habe ich mir das vorgestellt. Du bist wunderschön", stellt er fest, während er sanft über meine Brüste streicht. „Jetzt wirst du darum betteln, von mir benutzt zu werden."

Mit geschlossenen Augen genieße ich seine Berührung. Die Reizung meiner Brüste, das sanfte Ziehen der Klemmen, das Vibrieren in meinem Unterleib. Alles in mir schreit förmlich nach der Erlösung. Trotzdem befolge ich seine Anweisung nicht. Etwas sträubt sich in mir, mich völlig in seine

Hand zu geben. Während ich mit Mühe ein Stöhnen unterdrücke, legt er die Hände auf meine Schultern, zwingt mich sanft aber bestimmt auf die Knie, so dass ich die Ausbeulung in seiner Hose genau vor Augen habe. Gern würde ich ihm einfach die Hose öffnen, seine Lust schmecken, aber ich weiß, dass ich auf die Erlaubnis warten muss. So versuche ich, seine Anweisung zu umgehen. „Bitte, ich würde gern ...", wispere ich.

Er legt mir die Hand auf den Mund, bedeutet mir so zu schweigen. Was bleibt mir übrig. Ich senke gefügig den Blick, spüre, wie er meine Wange streichelt. Seine Hände wandern weiter zu meinen Brüsten.

Der Schmerz kommt unvermittelt, holt mich in die Wirklichkeit zurück, lässt mich wimmern. Er hat die Kette zwischen den Nippelklemmen stramm gezogen, hält sie in dieser Stellung.

Der Schmerz fährt mir durch den Körper, verwandelt sich in Lust. Er weiß ganz genau, was ich fühle. Schaut streng auf mich hinunter.

„Du weißt um was du mich zu bitten hast", mit diesen Worten gibt er der Kette ein wenig Spiel.

„Bitte, Herr, benutz mich", stöhne ich leise. Mit einem Mal ist mir alles egal. Ich will nur noch, dass meine Lust gestillt wird.

„Ich kann dich nicht hören." Noch einmal zieht er fest an der Kette, doch ich spüre nur noch die pure Erregung.

„Ich gehöre dir. Nimm mich, wie du es möchtest, Herr."

Endlich erbarmt er sich, öffnet seine Hose. Ich spüre, wie die Eichel meine Lippen streichelt. Sie öffnen sich fast von allein. Langsam drängt er sein pralles Glied in meinen Mund, fasst mir ins Haar, benutzt mich für seine Lust.

Gleichzeitig steigert er die Geschwindigkeit der Vibration. Mein Unterleib steht in flammen, pure Geilheit lässt mich keuchen. „Saug stärker", knurrt er, während er meinen Kopf vor und zurück bewegt, so dass er das Tempo bestimmt. Jetzt befolge ich seinen Befehl prompt, spüre sein warmes Sperma in meinem Mund. Ein nicht enden wollender Orgasmus überrollt mich.

Für einen Augenblick lehne ich mich an ihn, genieße die sanfte Ermattung. Schließlich blicke ich zu ihm auf, meine Wärme in seinem Blick zu sehen.

Er reicht mir die Hand. „Ich helfe dir", erklärt er, hilft mir auf. „Die Dessous behältst du bitte gleich an."

Da ist er wieder, mein Widerspruchsgeist. „Aber das geht nicht. Die Korsage lässt doch die Brust vollkommen frei. Bestimmt malen sich die Klemmen unter dem Shirt ab. Dann muss ich die ganze Zeit meine Jacke tragen, obwohl es inzwischen bestimmt total heiß draußen ist", erkläre ich.

Marc misst mich mit dem kühlen, drohenden Dom Blick. „Du lernst es wohl nie? Du kannst sicher sein, dass ich dich für deinen ständigen unverschämten Widerspruch bestrafen werde. Nicht sofort, wir haben schließlich den ganzen Tag Zeit. Jetzt lässt du die Dessous an, auch die Korsage, die vor allem. Wage es nicht, mir noch einmal zu widersprechen."

Als wolle er sicher sein, dass ich seine Anweisungen befolge, lehnt er sich mit verschränkten Armen an die Tür, schaut mir beim Anziehen zu, nimmt meine Jacke demonstrativ über den Arm.

Als wir die Kabine verlassen, tut die Verkäuferin, als wäre nichts geschehen, was mir natürlich ganz Recht ist. Marc bezahlt die Wäsche und gibt ihr ein mehr als reichliches Trinkgeld

Wieder auf der Straße nimmt er gelassen meine Hand.

„Das war fürs Erste sehr befriedigend. Allerdings habe ich heute noch einiges mit dir vor. Und mach dir keine Hoffnungen, deine

Strafe für das Ungehorsam wirst du noch bekommen, meine kleine Sklavin."

Ärgerliche Röte steigt mir ins Gesicht. Ich schlucke meine Antwort hinunter.

‚Was bist du dumm. Du weißt ganz genau, dass er dich bestrafen wird, wenn du ihm widersprichst', denke ich. Aber vielleicht wird mir die Strafe eine Menge Spaß machen ... Dieser Gedanke lässt mich lächeln.

Hand in Hand bummeln wir weiter. Meine Sorge war unbegründet. Die Nippelklemmen fallen überhaupt nicht auf. Das Shirt verdeckt sie perfekt.

„Ich kenne ein kleines Fischlokal direkt am Hafen. Dort können wir zu Mittag essen. Es ist gar nicht weit bis dort hin. Ich weiß nicht wie es dir geht, aber ich habe Hunger bekommen", sagt er, nachdem wir eine Weile durch die Einkaufsmeile gelaufen sind.

Gern stimme ich zu, denn inzwischen ist es Mittag geworden und mein Magen meldet sich.

So dirigiert er mich in Richtung Hafen. Bald sitzen wir auf der Terrasse des malerischen Lokals.

Hier ist es angenehm kühl und dämmrig. Marc hat für uns bestellt. Seezunge, dazu einen herrlich kühlen Weißwein. Genüsslich nehme ich einen Schluck aus meinem Glas. Der Wein ist wirklich gut. Seine angenehme

Kühle und der laue Wind, der über meine Haut streicht, lassen mich frösteln. Hinzu kommt der Gedanke an die Sextoys, die ich am und in Körper trage. Die Klemmen spüre ich immer noch. Ob er das Vibro - Ei wieder in Betrieb setzen wird?

Die wissende Art, mit der er mich anschaut, tut ein Übriges. Mein Pulsschlag erhöht sich deutlich. Mein Mund ist plötzlich ganz trocken und ich befeuchte die Lippen mit der Zunge.

„Das tust du nicht wieder", sagt er leise zu mir. „Sonst garantiere ich für nichts. Ich werde dich in die nächstbeste dunkle Ecke zerren ..."

Der Kellner unterbricht ihn. Er bringt uns das Essen. Marc zerteilt sorgfältig die Seezunge, die butterglänzend auf seinem Teller liegt. Er befreit das Fleisch von den Gräten, führt eine Gabel davon zum Mund, isst genießerisch.

Er scheint meinen Blick zu spüren, schaut auf. Mit einer fließenden Bewegung nimmt er meine Hand, umschließt sie, führt sie an seine Lippen, knabbert sanft an meinen Fingern.

Hilflos registriere, dass meine Brustwarzen hart werden, dass ich zwischen meinen Beinen ein angenehmes Kribbeln spüre.

Er lächelt selbstzufrieden, hebt sein Weinglas, prostet mir zu.

Auch ich hebe mein Glas, berühre damit leicht das seine. Dann widme ich mich meinem Essen, zerteile die Seezunge so wie zuvor er.

Ich nehme ein Häppchen des köstlichen weißen Fleisches, schieb es ihm in den Mund.

Er kaut genüsslich, nimmt wieder meine Hand.

„Du machst mich komplett wahnsinnig. Wir werden nach dem Essen zu mir gehen. Dort werde ich die Lektionen fortsetzen", sagt er in leichtem Plauderton. Wie er es sagt, hört sich das ganz harmlos an, aber ich halte unwillkürlich den Atem an.

Ohne es zu bemerken, lecke ich mir wieder mit der Zunge über den Lippen.

„Ich warne dich", regiert er prompt. „Noch einmal und ich nehme dich gleich hier auf dem Tisch."

Nachdem wir unsere Mahlzeit beendet haben, hat er es eilig zu bezahlen. Wie er es gesagt hat, fährt er mit mir direkt zu seinem Haus. Hier führt er mich gleich in sein spezielles Zimmer.

Ehe ich mich großartig umsehen kann, verbindet er mir die Augen. Ich spüre seine

Hände unter meinem Shirt, sie folgen den Konturen meiner Brüste. Sanft zieht er an der Kette, welche die Nippelklemmen verbindet.

Ein Stöhnen entfährt mir, aus Schmerz, aber auch aus Verlangen. Mit einem harten Ruck zieht er mir die Klemmen ab. Ich kann den Schmerzensschrei nicht zurückhalten.

Sofort legen sich seine warmen Lippen auf einen der Nippel. Er leckt darüber, während er die andere Brustwarze streichelt. Ein wohliges Kribbeln macht sich im Zentrum meiner Lust breit. Ich genieße seine zärtlichen Berührungen.

Schließlich tritt er zurück, befiehlt mir, mich bis auf die Korsage zu entkleiden. Das ist mit verbundenen Augen gar nicht so einfach. Ich bemühe mich, die Aufgabe so sexy wie möglich zu bewältigen.

Schließlich habe ich es geschafft, aber Marc lässt mich zappeln. Eine gefühlte Ewigkeit stehe ich im Raum, warte auf weitere Anweisungen, spüre die zunehmende Verunsicherung. Was hat er vor? Wieso sagt er nichts? Habe ich ihn schon wieder verärgert?

Schließlich höre ich seine Schritte, spüre ihn wieder ganz nah bei mir. Er legt mir die Hand auf den Rücken, dirigiert mich durch das Zimmer, bis ich eine Kante an den Ober-schenkeln spüre.

‚Das muss die komische gepolsterte Bank sein!' Ehe ich den Gedanken laut ausspre-chen kann, beugt er mich mit sanftem Druck vornüber. Es fühlt sich weich und rau zu-gleich an.

„Du kannst dich abstützen, wenn du das möchtest. Die Beine spreizt du weit", er kann seine Befehle gefährlich sanft geben.

Ich bekomme eine Gänsehaut, spreize aber sofort kommentarlos die Beine, präsentiere ihm jetzt also meinen nackten Po. Der Ge-danke erregt mich sehr.

Mit federleichter Berührung streichelt er mich. Mein Herzschlag beschleunigt sich, ebenso die Atmung. Was hat er mit mir vor? Ich muss nicht lange warten. Das Streicheln wird intensiver, gleichzeitig spüre ich ein sanftes Vibrieren in mir. Er hat das Vibro - Ei angestellt.

Dann trifft mich der erste Schlag. Der Schock lässt mich scharf Luft holen.

„Ich habe dir doch versprochen, dass du heute noch bestraft wirst. Heute bekommst du noch einmal Schläge mit der flachen Hand. Bei der nächsten Verfehlung wirst du die Gerte zu schmecken bekommen", sagt er lässig.

Es bleibt keine Zeit für eine Erwiderung. Die Schläge folgen in immer schnellerer Abfolge.

Hart und unerbittlich schlägt er so lange zu, bis mir die Tränen über die Wangen laufen. Ich keuche, winde mich vor Schmerz und gleichzeitig vor unerträglicher Lust. Das Kribbeln in meiner Mitte wird immer stärker. Ich will ihn in mir spüren, jetzt, sofort.

Abrupt hört er auf mich zu züchtigen.

„Es hat dir gefallen", stellt er fest. „Jetzt werde ich dich ficken?"

„Ja, bitte, fick mich, Herr", keuche ich.

Er lacht leise. Aber er lässt mich noch einmal zappeln. „Du bist meine kleine geile Schlampe und du wirst in Zukunft widerspruchslos alles tun, was ich will. Sag es!"

„Ja, Herr, ich bin deine geile Schlampe. Alles, ich tue alles, was du möchtest."

Die Vibration wird stärker. Gleichzeitig spüre ich seine feuchte Eichel an meinem Hinterteil. Schwer atmend schiebt er sein Glied zwischen meinen Pobacken hinauf und hinunter.

Panik überrollt mich. Er wird mich doch nicht so nehmen wollen! Bitte nicht auf diese Weise! Doch instinktiv weiß ich, dass ich es geschehen lassen werde. Ganz egal, was er mit mir anstellt.

Ich merke, dass er das Vibro - Ei entfernt. Dann endlich dringt er in meine Pussy ein. Das Gefühl ganz von ihm ausgefüllt zu sein lässt meine Erregung ins Unermessliche ansteigen.

Ich schiebe ihm die Hüften entgegen. Er fasst zu, bewegt sich erst langsam, dann immer ungezügelter in mir. Die Stöße werden unerbittlich, ich kann den Orgasmus kaum noch zurückhalten. Atemlos flehe ich: „Herr, darf ich kommen. Ich halte es nicht mehr aus. Bitte, Herr."

Ein fester Schlag auf das Hinterteil trifft mich. „Noch nicht."

Marc lässt mich noch eine Weile betteln. Schließlich, erbarmt er sich meiner.

„Komm", ein Wort nur, aber es bringt mir die Erlösung.

In die Wellen meines Höhepunktes mischt sich sein heißer Saft, den er in mich spritzt. Schwer atmend lasse ich mich auf die Truhe sinken, fühle seine Hände, die mir die Augenbinde abnehmen, seine Arme, die mich umfangen, mich aufs Bett tragen. Er legt sich zu mir, streichelt über meinen verschwitzten Körper, bis ich mich an ihn schmiege.

Erschöpft und glücklich schlafe ich ein.

Es ist früher Morgen, es klingelt. Verschlafen taste ich nach meinem Handy, finde es nicht. Überhaupt fühlt sich hier alles total ungewohnt an.

Ehe ich die Augen geöffnet habe fällt mir ein, dass ich nicht in meinem Hotelzimmer bin. Stimmt - ich bin im Bett des Spezialzimmers eingeschlafen. Marc hatte mich fest in den Arm genommen.

Jetzt liegt er allerdings nicht mehr neben mir. Verwirrt richte ich mich auf, sehe Marc, der im Zimmer auf und ab geht. Er führt ein Telefongespräch. Also hat mich das Klingeln seines Handys geweckt. Jetzt hat er bemerkt, dass ich aufgewacht bin, macht eine entschuldigende Geste, verlässt das Zimmer.

Ich lege mich wieder aufs Bett, verschränke die Hände hinter dem Kopf und hänge meinen Gedanken nach. Ob Marc wohl Geheimnisse vor mir hat? Keine Ahnung. Ist mir auch egal. Dies soll sowieso nur ein Urlaubsflirt sein und es auch bleiben. Eigentlich wollte ich ja auch gar nicht bei ihm übernachten. Das ist aus Versehen passiert.

Nach einer Weile kommt er wieder ins Zimmer, lächelt mich an. Wenn er so guckt, ist er einfach unwiderstehlich, aber ich glaube das weiß er ganz genau.

„Hallo du", erwidere ich sein Lächeln.

„Hallo Prinzessin. So gern ich jetzt zu dir ins Bett kommen und unanständige Dinge mit dir anstellen würde. Ich habe, wie du ja mitbekommen hast, einen Anruf bekommen und muss sofort zurück nach Hamburg. Es gibt etwas Wichtiges zu regeln, leider. Es tut mir leid." Er fährt sich in gespielter Verzweiflung durch die Haare. „Was soll ich machen."

Ich kann nicht widerstehen, schaue ihn mit einem unschuldigen Augenaufschlag an. „Das ist doch gar nicht schlimm. Wenn du halt weg must, dann ist das so. In der Zwischenzeit kann ich ja mal schauen, ob ich mich anderweitig beschäftigen kann. Zur Not ...", an dieser Stelle stocke ich gekonnt lasziv, streiche mir über den Körper, nehme meine Brüste in die Hände. Dann reibe ich die Nippel, erst sanft, dann heftiger, schaue ihm fest in die Augen, die verdächtig glänzen.

Seine körperliche Reaktion erfolgt sofort. Ich zwirble meine Nippel, befeuchte meinen Lippen mit der Zunge. Wie von selbst wandert eine Hand zwischen meine Schenkel, ertastet die Perle, umkreist, reibt sie.

„Du verflixtes kleine Miststück machst mich verrückt", knurrt Marc, kommt zum Bett, kniet sich über mich. „Nimm die Hände weg, ich werde es dir besorgen."

Ich hebe ihm mein Becken entgegen, spreize die Schenkel, doch er will mich anders, legt sich meine Beine über die Schultern, dringt tief in mich ein. Wie von selbst dränge ich mich ihm entgegen, erwarte atemlos seine Stöße. Er beugt sich weiter vor, fasst meine Nippel zwirbelt sie erbarmungslos.

„Schau mich an", keucht er, „ich will dir in die Augen sehen, wenn ich abspritzte."

Ich kann mich nicht mehr beherrschen, werde von einem Orgasmus geschüttelt, merke, dass auch er sich in mir entleert. Keuchend lässt er sich auf mich sinken, küsst mich.

Eine ganze Weile bleiben wir in dieser Stellung liegen, schließlich rollt er sich auf die Seite, steht auf.

„Es hat in der Firma einige Probleme gegeben, die meine Anwesenheit erfordern. Es ist möglich, dass ich morgen schon wieder zurück bin. Es kann aber auch länger dauern." Ein prüfender Blick trifft mich. „Du bist aber noch hier, wenn ich zurückkomme, nicht wahr."

„Sicher, was meinst du denn. Ich bin noch eine ganze Woche hier. In meinem Hotel, meine ich. Vielleicht meldest du dich zwischendurch? Das wäre nett."

„Mal sehen. Jetzt muss ich aber wirklich schauen, dass ich loskomme. Möchtest du in meiner Abwesenheit nicht lieber hier im Haus bleiben?"

Ich schüttele entschlossen den Kopf. „Aber nein. Ich bin in meinem Hotel gut aufgehoben. Alles gut. Du kannst mich allerdings gleich mitnehmen und vorm Hotel absetzen. Wenn es keine Umstände macht", füge ich hinzu.

„Wie du willst. Sicher nehme ich dich mit. Wie gesagt, es kann sein, dass ich morgen schon wieder zurück bin. Wenn du dich übrigens tatsächlich anderweitig beschäftigen willst, dann ist das auch in Ordnung für mich. Jedenfalls, solange ich nicht da bin."

Das ‚anderwärtig Beschäftigen' betont er ganz besonders. Wie meint er das jetzt? Hätte er nichts dagegen, wenn ich in seiner Abwesenheit Sex mit einem anderen Mann hätte?

„Wie genau meinst du das?", erkundige ich mich spitz.

Marc geht nicht auf meinen Ton ein. Achselzuckend geht er aus dem Raum. „Ist nur so ein Gedanke", höre ich ihn murmeln.

Ein endlos langer Vormittag liegt hinter mir. Bis auf ein Gespräch mit Silke ist nichts passiert. Mit einem ziemlich schlechten Gewissen habe ich mich bei ihr gemeldet.

Sie hatte mir seit unserem letzten Gespräch ein paar WhatsApp geschrieben, die ich geflissentlich übersehen hatte. Ich fühlte mich nicht in der Lage ihr irgendetwas über die Affäre mit Marc zu erzählen.

„Na, du hast Nerven, Perle. Ich habe mir echt Sorgen gemacht. Was ist los? Nimmt dich dein Urlaubsflirt so sehr in Anspruch, dass die nicht mal Zeit für ne Textnachricht hast, oder was?", fährt sie mich auch prompt an.

Ich versuche die Wogen zu glätten. „Tut mir leid. Im Moment ist alles so aufregend, da habe ich dich kurzzeitig vergessen. Was macht das Bein? Wie geht's dem Dackel? Liegt er immer noch mit dir auf dem Sofa?"

Jetzt muss sie lachen. „Du glaubst doch wohl nicht, dass der Hund sich einen Millimeter weg von der Couch bewegt. Er ist ein ausgesprochenes Dickfell, so wie alle Rüden. Jedenfalls alle die ich kenne. Dem Bein geht es den Umständen entsprechend. Aber das wird schon wieder. Jetzt erzähl schon. Wie läuft es mit deiner Neuerrungenschaft?"

„Gut läuft es! Er hat eine eigene Firma, sieht gut aus, fährt ein dickes Auto, hat ein Ferienhaus in den Dünen. Und er ist eine Kanone im Bett."

„Sara! Dann kann ich ja nur gratulieren. Meinst du, dass es eine längere Geschichte zwischen euch werden könnte? Das würde mich für dich freuen. Obwohl, nach den ganz großen Gefühlen hört sich das eher nicht an. Bist du in ihn verliebt oder nicht?"

Damit trifft sie genau den Punkt. „Ach, im Moment ist alles toll. Wir werden sehen, wie es weitergeht", sage ich schnell, will mich auf keine weitere Diskussion einlassen.

„Liebe, das ist ein so großes Wort. Es soll ein Urlaubsflirt sein, mehr nicht. Ich erzähle dir mehr davon, wenn ich wieder zu Hause bin. Am Telefon geht das schlecht."

„Verstehe ich zwar nicht, aber wenn du meinst ..."

Wir reden noch eine Weile über Nebensächlichkeiten, dann beenden wir das Gespräch.

Nachdenklich lege ich das Handy aus der Hand.

Marc ist gestern früh in Richtung Hamburg gefahren und hat sich seit dem nicht bei mir gemeldet, obwohl ich ihn darum gebeten habe. Ich bin etwas enttäuscht, sage mir aber, dass ich kein Recht dazu habe, etwas von ihm zu erwarten. Ein Flirt, mehr soll nicht zwischen uns sein. Mehr will ich nicht und mehr will auch er nicht von mir.

Mal ehrlich, dies ist nicht das wirkliche Leben. Ich kann mir diesen Mann nicht als ständigen Partner vorstellen. Ein ganz normales Zusammenleben mit ihm kommt mir einfach nur skurril vor. Wie sollte das laufen? Er kommt aus dem Büro und ich erwarte ihn im Korridor nackt und auf den Knien? Statt eines Arbeitszimmers gäbe es eine Folterkammer und über dem Sofa im Wohnzimmer hängt unsere Peitschen Kollektion?

Obwohl es mich tierisch anmacht, wenn er dominant ist. Wenn ich daran denke, wie ich über der Bank gelegen habe! Das war schon ziemlich geil. Mist, jetzt kribbelt es wieder und ich werde feucht. Schnell denke ich an etwas anderes.

Überhaupt, was hat er damit gemeint, dass es ihm egal ist, wenn ich mich anderweitig beschäftige. Wieso hat er das so betont? Das habe ich doch nur so gesagt. Vielleicht, um ihn ein kleines bisschen eifersüchtig zu machen. Aber das ist ja wohl gar nicht gelungen.

Was für ein Dilemma.

Ich beschließe nicht mehr zu grübeln, das bringt mich nicht weiter. Zur Abwechslung bietet sich ein Besuch der nahegelegenen Therme an. Das Wetter ist heute sowieso nicht so besonders, da passt es ganz gut.

Auf dem Weg dort hin klingelt mein Handy. Marc, mein Herz macht einen Hüpfer. Trotzdem nehme ich das Gespräch ganz cool an, versuche mir nicht anmerken zu lassen, wie sehr ich mich freue.

„Hallo, Marc, schön, dass du dich mal meldest."

„Hallo Sara. Tut mir leid, dass ich nicht angerufen habe. Ich war einfach zu beschäftigt."

Ah ha, zu beschäftigt um an mich zu denken war der Herr. Das ist ja klasse. Wer weiß, ob er in Hamburg nicht auch eine Sklavin sitzen hat, mit der er es treibt. Pah, überhaupt, was soll das. Ich bin ganz bestimmt keine Sklavin, werde es auch nie sein.

„Sara, bist du noch dran? Ich hatte viel zu tun. Aber ich habe alles klären können."

„Wie schön für dich. Du brauchst dich nicht zu rechtfertigen, ich habe sowieso nicht damit gerechnet, dass du dich meldest. Habe mich gut amüsiert, auch ohne dich."

In mir kocht es. Er soll sich bloß nicht einbilden, dass ich ihn vermisst habe. Obwohl - das habe ich ja und das ärgert mich noch mehr. Deshalb sage ich kurzentschlossen: „Ich habe im Moment gar keine Zeit für dich. Bin auf dem Weg zur Therme. Ich bin nämlich dort verabredet. Kann ich dich später zurückrufen? Aber das kann dauern. Du hast mir ja ausdrücklich die Erlaubnis gegeben, mich anderweitig zu beschäftigen. Allerdings brauche ich deine Erlaubnis gar nicht."

Ich weiß auch nicht, was in mich gefahren ist. Eigentlich freue ich mich tierisch, dass er anruft. Aber das will ich ihm nicht zu sehr zeigen. Soll er sich ruhig ein paar Gedanken machen.

Seine Antwort klingt gereizt. „Dann will ich dich nicht weiter aufhalten. Viel Spaß auch noch."

Aufgelegt!

Wütend haue ich auf den kleinen roten Hörer an meinem Handy. Wenn hier einer auflegt, dann bin ich das. Was bildet der Mistkerl sich eigentlich ein.

Inzwischen bin ich wirklich an der Therme angelangt und löse eine Karte, obwohl ich eigentlich gar keine Lust mehr habe, das Bad zu besuchen. Egal, ich mache das jetzt. Marc wird mir nicht die Laune verderben. Schnell ist meine Kleidung im Spint verstaut. Ich mache mich auf den Weg zur Dusche.

Anschließend steige ich in das angenehm temperierte Wasser des Schwimmbeckens und zieh ein paar Bahnen. Das ist herrlich, aller Frust fällt von mir ab und ein befreiendes Gefühl macht sich breit. Zwischendurch mache ich eine Pause, betrachte die anderen Badegäste. Um ehrlich zu sein, sieht keiner der Männer so gut aus wie Marc. Mist, er ist schon wieder in meinem Kopf. Ich schwimme noch ein paar Bahnen, bin schließlich richtig schön erschöpft.

Das Handtuch um den Körper gewickelt mache ich es mir auf einer der Liegen bequem, schließe die Augen, lasse die Gedanken kreisen.

Sofort tauchen Bilder in mir auf:

Ich liege mit brennendem Hinterteil über der Truhe im speziellen Zimmer. Fiebere, was als Nächstes geschieht.

Dann spüre ich wieder die Nippelklemmen an meine Warzen, fühle den leichten Schmerz, der sofort bis ins Zentrum meiner Lust fährt.

Ob er mich einmal lecken wird? Die Lust mit seiner Zunge immer höher treibt, bis ich endlich Erlösung finde?

Mit jedem neuen Gedanken steigt mein Verlangen. Gefrustet schlage ich die Augen auf. Ob ich es will oder nicht, er fehlt mir.

Ich sollte mich ablenken. Geschwommen bin ich genug, also gehe ich zum Whirlpool. Gedankenverloren lasse ich mich darin nieder, lehne mich zurück, schließe wieder die Augen. Die blubbernden Luftbläschen kitzeln meine Haut.

Doch da ist noch ein anderes Gefühl an meinem Oberschenkel. Geschockt öffne ich die Augen, blicke direkt in ein blau - graues Augenpaar.

„Marc ...", keuche ich fassungslos.

Er legt die Hand kurz auf meinen Mund und ich schweige gehorsam. Dann zieht er mich an sich, küsst mich leidenschaftlich. Atemlos schmecke ich ihn, spüre seine Wärme, aber auch mein eigenes Verlangen.

Geschickt wandert seine Hand unter den Stoff meines Bikinioberteils, liebkost meine Brust, streicht über den Nippel. Seine andere Hand schiebt sich in mein Höschen, streichelt meine Vulva. Kundige Finger teilen die Lippen, massieren die Perle. Ich stöhne leise, spüre Hitzewellen auf der Haut.

Abrupt beendet er das Spiel, bedeutet mir, ihm zu folgen.

Er führt mich in eine Umkleidekabine, verschließt die Tür hinter uns.

„Zieh dich aus, dann drehst du dich um. Das Gesicht zur Wand. Du kannst dich mit den Händen abstützen. Die Beine spreizt du, den Po streckst du mir entgegen", befiehlt er.

Willig leiste ich Folge, will ihn hier und jetzt. Endlich spüre ich wieder seine Hände auf meinem Rücken, meinem Po. Sie wandern nach vorn, kneten meine Brüste, zwirbeln die Warzen. Ich stöhne unterdrückt auf.

„Sei still. Ich will keinen Ton hören", sagt er streng.

Ängstlich beiße ich mir auf die Lippen, bemühe mich, ganz still zu sein, während wer weiter meine Brüste bearbeitet. Dabei lasse ich die Hüften kreisen, reibe meinen Po an seinen Badeshorts, genieße die Reibung. Aber er packt meine Hüften, stoppt die Bewegung.

Verdammt, ich will ihn sofort in mir spüren! Als hätte er den Gedanken erraten, lässt er zwei Finger in meine Nässe gleiten, fickt mich. Ich kann mir gerade noch ein Stöhnen verkneifen, so sehr erregt mich das.

Doch wieder verschafft er mir keine Erlösung. Ich hole Luft, setzte zu einem Fluch an, besinne mich aber eines Besseren. Lieber nicht, sonst lässt er mich einfach unbefriedigt hier stehen. Das wäre schlimmer, als jede Bestrafung.

Ehe ich zu Ende gedacht habe, ist er in mir, beugt mich weiter vor, stößt hart zu. Er packt mich bei den Haaren, beugt sich über mich.

„Das willst du doch, du geiles Miststück", flüstert er.

Diese Worte geben mir den Rest, lassen mich unkontrolliert und heftig zucken, lassen mich laut stöhnen. Es ist mir egal, ob er es mir erlaubt hat zu kommen, ich verströme mich, spüre, wie er in mir explodiert.

Anschließend zieht er mich sanft auf seinen Schoß, flüstert mir ins Ohr, dass mein Ungehorsam noch eine Strafe nach sich ziehen wird, aber das ist mir ganz egal.

„Wieso hast du mir nicht gesagt, dass du wieder hier bist?", frage ich entrüstet.

„Das wollte ich, aber du hast mich nicht zu Wort kommen lassen. Es wird Zeit, dass du lernst, wie sich eine Sklavin zu verhalten hat. Du schreist förmlich nach einer angemessen Bestrafung." Das sagt er einfach so. Ganz gelassen.

Bevor ich antworte, hole ich tief Luft, versuche genauso cool zu sein wie er, was mir nicht wirklich gelingt.

Wir haben die Therme verlassen, sitzen jetzt wieder in dem kleinen Café an der Einkaufsmeile. Marc spielt mit seinem Kaffeelöffel, schaut mich aufmerksam an. „Was denkst du dir eigentlich. Ich habe praktisch rund um die Uhr Termine gehabt, damit ich schnell wieder zurück fahren konnte."

„Ich gebe ja zu, dass ich etwas patzig war", murmele ich zerknirscht. „Es tut mir auch leid. Ehrlich. Du brauchst dich nicht bei mir melden. Es ist ja alles unverbindlich zwischen uns." Wie, um mir das selbst noch einmal klar zu machen füge ich hinzu: „Nur ein Urlaubsflirt, mehr nicht."

„Eben, das hast vor gar nicht so langer Zeit sehr deutlich gesagt. Wenn ich gewusst hätte, dass dir so viel daran liegt, hätte ich mich zwischendurch wenigstens kurz gemeldet."

Ich senke beschämt die Augen. „Es tut mir leid", wiederhole ich. „Schätze ich habe mich ziemlich dämlich angestellt, was."

Sein Lächeln, seine Hand, die über den Tisch fasst und mir sanft die Wange streichelt, lassen mich für einen Moment schweben. „Ist schon gut. Trotzdem werde ich dich bestrafen, das sollte dir klar sein. Aber nicht sofort. Das hat Zeit."

„Oh, ich freue mich darauf", sage ich möglichst unschuldig und schaue ihn durch die gesenkten Wimpern an.

„Ich auch", antwortet er prompt.

Dieser Nachmittag ist ganz besonders schön. Wir bummeln ein wenig durch die Einkaufsmeile. Wieder kauft Marc mir hauchzarte Dessous, aber dieses Mal bleibt er brav außerhalb der Umkleidekabine, ist ganz gentlemanlike.

Später fährt er mit mir zu einem kleinen Restaurant, das ein bisschen versteckt in den Dünen liegt. Hier haben wir ein exquisites Dinner.

Marc entpuppt sich als routinierter Unterhalter, ist zuvorkommen und unwiderstehlich charmant. Doch gleichzeitig erscheint er mir ein wenig abweisend, berührt mich kaum, schaut mich nicht mit diesem besonderen Blick an, bei dem mir heiß und kalt wird.

Schließlich machen wir uns auf den Rückweg. Zu meinem Erstaunen schlägt er nicht den Weg zu seinem Haus ein, sondern fährt in die Richtung meines Hotels.

„Fahren wir denn nicht zu dir?", frage ich verblüfft.

Er schaut mich kurz an. „Nein."

„Aber ... aber ... ich dachte", mir fehlen die Worte. Ich habe mit allem gerechnet, aber nicht damit, dass Marc mich zurück ins Hotel bringt.

„Da hast du wohl falsch gedacht." Seine Stimme klingt ironisch amüsiert.

Okay, dann eben nicht. Soll er doch die Nacht ohne mich verbringen. Ich werde jetzt nichts mehr dazu sagen. Übrigens sind wir ja auch schon am Hotel angekommen. Demonstrativ und ohne ein Wort öffne ich die Beifahrertür, will aussteigen, doch seine Hand auf meinem Arm hält mich zurück. „Nicht so schnell." Dann beugt er sich zu mir und küsst mich. Erst sanft, dann drängender. Ich schließe die Augen, genieße den Druck seiner Lippen, das Zungenspiel.

Abrupt löst er sich von mir. Ich bin noch ganz benommen, öffne langsam die Augen, sehe sein überhebliches Grinsen.

„Ich melde mich. Wir werden uns das nächste Mal in einem Hotelzimmer treffen. Die nötigen Instruktionen bekommst du noch", sagt er streng.

Ich schüttele verwirrt den Kopf. Vorhin war er noch der zuvorkommende Gentleman. Davon ist jetzt nichts mehr zu bemerken. Jetzt ist er der Dom, der mit seiner Sklavin spricht.

„Schlaf gut", sagt er, greift über mich und öffnet die Beifahrertür, die ich wieder geschlossen hatte. Geschockt steige ich aus, drehe mich noch einmal um, doch er hat die Tür schon zugezogen, fährt los ohne mich weiter zu beachten.

In meinem Zimmer angekommen setzte ich

mich wieder mit einem Glas Rotwein auf den Balkon, mummele mich in eine Decke ein.

‚Irgendwie fühlt es sich nicht richtig an‘, denke ich, nippe nachdenklich an meinem Glas.

Will ich das alles wirklich? So geil der Sex mit ihm auch ist, verliere ich mich nicht auf Dauer? Vor allem: Verliere ich nicht die Achtung vor mir selbst? Ich seufze, weiß jetzt schon genau, dass ich seinen Anweisungen Folge leisten werde. Ich kann gar nicht sagen, woran es liegt, aber er hat mich in gewissen Momenten total in der Hand. Dann kann ich mich nicht gegen seine Dominanz wehren.

‚Wenn das mal gut geht‘, denke ich frustriert.

Nervös betrete ich die Eingangshalle des Hotels. Marc hatte mich am Morgen angerufen und mir gesagt, in welchem Hotel er mich am Nachmittag zu sehen wünscht. Er hat ein Zimmer reserviert, ich muss mir also nur die Zimmerkarte an der Rezeption abholen.

Im Fahrstuhl überlege ich aufgeregt, ob er schon auf mich wartet. Einen Augenblick denke ich daran, einfach kehrt zu machen, die ganze Geschichte zu beenden, aber das bringe ich nicht fertig. Neugier, Begierde, Faszination all das lässt mich weitergehen.

Vor der Zimmertür bleibe ich stehen, atme tief ein. Erst dann öffne ich die Tür. Ich registriere in großes Bett, einen Schreibtisch, zwei Sessel. Dies ist ein helles freundliches Zimmer. Die Tür zum Bad ist angelehnt, trotzdem scheint er nicht hier zu sein.

Langsam gehe ich zum Bett, sehe jetzt erst, dass ein großer Umschlag darauf liegt. Neugierig öffne ich ihn, finde eine Augenbinde, eine Nachricht:

‚Du wirst dich ausziehen und die Augenbinde anlegen. Vor dem Bett kniend wartest du auf mich. Beim Eintreten will ich einen freien Blick auf meinen Besitz haben.'

Mein Herzschlag beschleunigt sich, Verlangen strömt durch meinen Körper. Ich will jetzt nicht weiter nachdenken, sondern mich einfach fallen lassen.

Auf dem Weg ins Bad entledige ich mich meiner Kleidung, lasse mich vom wohlig warmen Wasserstrahl der Dusche berieseln. Am Liebsten würde ich ewig so stehen bleiben, aber ich weiß nicht, wie viel Zeit ich habe. Also beeile ich mich lieber. Ein Blick in den Spiegel zeigt mir ein Gesicht mit geröteten Wangen und vor Begierde funkelnde Augen.

Dann stehe ich vor dem Bett, knie mich hin, lege die Augenbinde an. Dunkelheit umhüllt mich, Gedanken kreisen wild. Die Zeit zieht sich endlos in die Länge. Angestrengt lausche ich. Ob der dicke, weiche Teppich die Geräusche seiner Schritte verschluckt? Vielleicht ist er schon längst hier, beobachtet mich. Entschlossen greife ich zur Augenbinde, will sie kurz abnehmen.

„Das würde ich nicht tun."

Vor Schreck beginnt mein Herz zu rasen.

„Mir gefällt was ich sehe. Noch besser gefällt mir, dass du die dir angewiesene Position angenommen und die Augenbinde angelegt hast. Trotzdem ist noch eine Bestrafung fällig. Ich habe dir beim letzten Mal gesagt, dass ich dich in Zukunft mit der Gerte bestrafen werde."

Etwas berührt meine Brüste, streift lässig darüber. Es fühlt sich kalt und glatt an. Ich schlucke trocken.

„Steh auf, dreh dich zum Bett. Du darfst dich mit den Händen abstützen. Die Beine spreizt du, wie immer."

Langsam stehe ich auf, nehme die gewünschte Position ein.

„So gefällst du mir noch nicht. Streck deinen Po weiter hinaus."

Umgehend und wortlos folge ich seinem Befehl, spüre seine Hand zwischen meinen Schenkeln.

„So ist es gut. Und schön feucht bist du auch schon. Bereit für mich also."

Er entfernt sich wieder. Ich frage mich, was als nächstes geschehen wird. Ich bin gleichermaßen ängstlich und geil.

„Für dein unbotmäßiges Verhalten erhältst du jetzt acht Hiebe mit der Gerte. Du wirst in dieser Position stehen bleiben. Weiterhin wirst du jeden Hieb laut mitzählen. Nach Beendigung der Strafe wirst du dich bedanken und mich bitten, dich zu benutzen. Solltest du den Anweisungen nicht folgen, beginnt die Bestrafung von vorn."

Mein Körper versteift sich. Ich habe eine Heidenangst, dass er sofort zuschlägt. Aber zuerst streicht er mit der Gerte über meine Beine, meine Oberschenkel. Reibt sie zwischen meinen Beinen hin und her. Dann berührt er meinen Po, spielerisch und leicht.

Der erste Hieb kommt unvermittelt, lässt mich vor Schmerz schreien.

„Eins."

Nummer Zwei, drei und vier treffen mein Hinterteil, lassen es brennen. Wieder schreie ich vor Schmerz auf, zähle aber laut und deutlich mit.

Wieder reibt er mit der Gerte zwischen meinen Beinen. „Das wird dich lehren, noch einmal ungehorsam zu sein."

Dann schlägt er wieder zu.

„Fünf."

„Sechs", schluchzend zähle ich die Hiebe.

Kurz wartet er, bevor er die letzten zwei Schläge platziert.

„Acht. Danke, Herr. Bitte benutz mich jetzt wie du es möchtest", keuche ich. „Ich bin deine willige Sklavin."

Marc hat die Gerte beiseite gelegt, greift zwischen meine Schenkel, streicht über die Lippen. Ich keuche auf. Immer noch schüttelt mich der Schmerz, doch gleichzeitig bin ich klitschnass.

„So gefällst du mir. Mit rotem Hintern, nass und geil für mich. Jetzt wollen wir doch mal sehen, wie oft meine kleine Schlampe kommen kann." Während er das sagt, gleiten zwei Finger in mich, stoßen mich, bringen mich zum Orgasmus. Ich lasse mich vornüber fallen, spüre dem abklingenden Höhepunkt nach.

„Das war erst der Anfang", mit diesen Worten hebt er mich in seine Arme, legt mich aufs Bett. Als mein malträtierter Po das Betttuch berührt, lässt mich der Schmerz zusammenzucken. Ich spüre, wie er meine Hand - und Fußgelenke fixiert. Nun liege ich komplett gespreizt da. Vorsichtig teste ich den Spielraum der Fixierung. Doch obwohl die Manschetten weich sind, bin ich ihm völlig ausgeliefert.

Langsam lässt er die Finger über meine Perle kreisen. Ich winde mich, versuche die Schenkel zu schließen, was mir natürlich nicht gelingt. Keuchend liege ich vor ihm, wehrlos seinem Willen ausgeliefert, spüre, dass er einen Vibrator in meine nasse Spalte schiebt. Das Vibrieren bringt mich dem nächsten Orgasmus näher. Seine Hände, die meine Nippel zwirbeln, tun ein Übriges. Schwitzend schreie ich den Höhepunkt heraus.

Doch er stimuliert mich weiter, reibt immer wieder über meine Perle. Als er mir Nippelklemmen anlegt, fährt mir der bittersüße Schmerz direkt in die heiße, gefüllte Pussy. Wieder komme ich, flehe ihn an aufzuhören.

Schließlich entfernt er den Vibrator, nimmt mir die Augenbinde ab. Auch er ist nackt, seine Erregung ist nicht zu übersehen.

„Jetzt werde ich in dir abspritzen", mit diesen Worten schiebt er mir ein Kissen unter den Po. Der Schmerz lässt mich aufschreien. Doch das beeindruckt ihn nicht. Mit einem festen Stoß dringt er in mich. Das Gefühl der Dehnung, ganz von ihm ausgefüllt zu sein, schaltet jeden anderen Gedanken aus.

„Benutz mich, Herr. Bitte lass mich noch einmal kommen", keuche ich. Meine Nippel pulsieren, die Perle ist bis aufs Äußerste gereizt. Ich spüre nur noch seine ungezügelten Stöße. Will von ihm genommen werden. Laut stöhnend entlädt er sich schließlich in mir, zieht mir mit einer einzigen Bewegung die Nippelklemmen ab. Der Schmerz lässt mich noch einmal zum Orgasmus kommen.

Er bleibt eine Weile auf mir liegen. Küsst und streichelt mich. Schließlich löst er die Manschetten, legt sich neben mich, zieht mich in seine Arme.

„Du bist fantastisch", flüstert er. „Eine Frau wie dich findet man selten. Du scheinst ein Naturtalent zu sein. Wie für mich und meine Bedürfnisse gemacht. Ich habe dir doch gesagt, dass ich dich richtig einreiten werde."

Ich schmiege mich zwar an ihn, aber irgendwie bin ich enttäuscht. Nicht von meiner Bestrafung und der Folgebehandlung, das war unglaublich und sehr befriedigend. Auch ist er jetzt zärtlich, wie immer nach einer solchen Session. Was meinen Körper anbetrifft, so ist alles ganz toll.

Trotzdem! Mir fehlt etwas, das ich im Moment gar nicht genau benennen kann. Vielleicht ein Quäntchen Liebe? Aber ist es überhaupt möglich jemanden zu schlagen und zu demütigen und gleichzeitig zu lieben?

Bin ich in Marc verliebt? Obwohl er mich bestraft und benutzt, wie es ihm gerade in den Sinn kommt? Schnell verbiete ich mir diese Gedanken.

„Einen Mann wie dich trifft man auch nicht so oft", sage ich stattdessen.

„Stimmt, du hattest Glück."

Ich schaue ihn ein wenig ratlos an. Das meint er sicher nicht ernst. Zum Glück lacht er laut. „Du solltest dein Gesicht sehen. Weißt du eigentlich, dass dir fast immer anzusehen ist, was du denkst? Das ist bezaubernd."

Erleichtert stimme ich in sein Gelächter ein. „Das ist manchmal gar nicht so einfach. Ich hätte oft lieber ein Pokerface, das kannst du mir glauben."

Er nimmt mein Gesicht zwischen seine Hände, küsst meine Nasenspitze, meine Wangen und meinen Mund. „Das ist schon ganz in Ordnung so. Mir gefällt dein Gesicht ausgesprochen gut. Ach was, mir gefällt alles an dir."

Ich seufze entzückt. Das ist das Problem mit diesem Mann. Er kann so unglaublich charmant und liebenswert sein. Dann wieder ist er arrogant und unberechenbar. Egal, jetzt will ich mich mit ihm wohlfühlen.

„Mir gefällt auch alles an dir", sage ich und fahre ihm mit den Fingerspitzen über die Brust.

„Hoppla, du willst noch einmal kommen?", grinst er breit.

Schnell ziehe ich die Finger wieder weg.

„Verstanden. Darf ich dich stattdessen zum Essen einladen? Dieses Hotel hat eine hervorragende Küche. Nachher schauen wir mal, ob wir einen Club besuchen. Aber nur, wenn du Lust darauf hast."

Es ist ein toller Abend geworden, auch wenn Marc mich beim, zugegeben, ausgezeichneten Dinner irritiert hat.

„Sag mal, hättest du etwas dagegen, wenn ich dich einem guten Bekannten vorstelle?", fragt er plötzlich und misst mich mit einem merkwürdig abschätzenden Blick, den ich gar nicht einordnen kann.

Warum sollte ich", antworte ich also. „Es würde mich freuen, einen Bekannten von dir kennenzulernen. Sicher ist er total nett, genau wie du."

„Oh, das ist er ganz bestimmt. Ich kenne ihn schon seit Jahren. Wir haben bisher alles miteinander geteilt, musst du wissen. Das hat immer gut geklappt."

Auch das klingt ziemlich unverständlich. „Ja, dann. Vielleicht könnt ihr auch die Freundinnen teilen", sage ich flapsig und muss über meinen Einfall selbst lachen.

Marc schaut überrascht. „Warum nicht."

„Du tust, als ob du das ernst meinst ...", weiter komme ich nicht. Der Ober unterbricht die Unterhaltung, kommt mit dem Wagen, auf dem verschiedene Desserts stehen an unseren Tisch.

„Was meinst du, sollen wir noch in einen Club fahren", fragt Marc nach dem Dinner. Mir ist ganz leicht zumute, ich würde gern Musik hören und tanzen, also willige ich gern ein. Der Club ist neu und das Ambiente richtig toll. Ich fühle mich von Anfang an total wohl. Marc ist ein ausgezeichneter Tänzer, bewegt sich richtig gut zur Musik. Auch hier hat er ein ausgesprochenes Talent. Schließlich führt er mich zurück an unseren Stehtisch.

„Ich besorge uns ein Glas Champagner." Schon macht er sich auf den Weg zur Theke. Ich schaue ihm versonnen hinterher, wünsche mir, dass dieser Abend nie enden wird. An der Bar wird er von einem anderen Gast begrüßt. Marc ist offensichtlich überrascht, scheint sich aber über die Begegnung zu freuen. Er redet angeregt mit dem Mann, beide schauen in meine Richtung. Der Fremde hebt grüßend die Hand. Ich lächele freundlich zurück, winke den beiden kurz zu.

Dies scheint ein etwas längeres Gespräch zu werden, also nutze ich die Gelegenheit, um die Toilettenräume aufzusuchen und mein Makeup zu checken.

Als ich wieder zurückkomme, steht Marc wieder an unserem Tisch.

„War das ein Freund von dir", frage ich und nippe an meinem Champagnerglas.

Er zuckt mit den Schultern. „Ja, das war der Bekannte, von dem ich vorhin gesprochen habe. Er ist für ein paar Tage hier, was ich gar nicht gewusst habe."

„Na, das ist ja ein Zufall", strahle ich ihn an. „Dann hättest du ihn gleich an unseren Tisch bitten können. Du wolltest ihn mir doch vorstellen, oder!"

„Das kann ich in den nächsten Tagen arrangieren, jetzt wäre es nicht passend. Er war auch im Begriff zu gehen", klärt Marc mich auf.

Aber ich höre schon gar nicht mehr richtig zu. „Hey, das ist mein Lieblingssong. Tanzt du noch einmal mit mir?"

„Aber sicher, meine Süße. Alles was du wünscht."

Ich stocke. ‚Warum hört sich dieser Satz wie eine Drohung an.‘ Resolut schiebe ich den Gedanken beiseite. Der Abend ist wundervoll, mein Begleiter perfekt, ich bin absolut glücklich.

Es ist nicht mehr zu verdrängen, mein Urlaub nähert sich dem Ende. Ich habe Marc ganz bewusst nicht gefragt, wie, oder besser ob, er sich eine Zukunft mit mir vorstellt. Ich habe Angst, weiß nicht, was er sagen wird. Es sollte ja eigentlich nur ein Urlaubsflirt sein, mehr nicht. So war es zwischen uns ausgemacht. Aber von meiner Seite aus hat es sich anders entwickelt. Ob ich es mir eingestehen will oder nicht. Ich würde ihn schon gern wiedersehen. Es muss ja keine feste Beziehung sein, aber ihn ab und zu zu treffen wäre ein reizvoller Gedanke. Erst einmal, was sich dann weiter zwischen uns ergeben würde, müsste man abwarten. Dabei weiß ich gar nicht, wie er das sieht. Ich hänge also ganz schön in der Luft.

Heute ist unser letzter Tag. Marc hat darauf bestanden, ihn in seinem Haus zu verbringen. Aber anders als sonst hat er mir nicht befohlen, zu ihm zu kommen. Im Gegenteil. Er hat mich lieb darum gebeten, ihn am Nachmittag zu besuchen.

„Es tut mir schrecklich leid, aber der Vormittag ist schon verplant. Aber dann stehe ich dir ganz zur Verfügung. Ich verspreche dir, dass du eine ganz besondere Überraschung erleben wirst. Etwas was du dir insgeheim wünscht wird geschehen", hat er gesagt.

Natürlich bin ich total gespannt, was er sich für mich ausgedacht hat. Gleichzeitig habe ich mir fest vorgenommen, ihn einfach gerade heraus zu fragen, wie es weitergehen soll. Ob es überhaupt weitergeht.

Zur verabredeten Zeit läute ich bei ihm. Es dauert einen Moment, dann öffnet sich die Tür.

Zu meiner Überraschung ist es nicht Marc, der mir öffnet. Sein Bekannter aus dem Club steht vor mir. Lächelt mich an.

„Sicher bist du überrascht mich zu sehen", sagt er. „Marc ist aufgehalten worden. Er muss aber bald hier aufschlagen. Er hat mich beauftragt, mich so lange um dich zu kümmern. Ich soll dir ausrichten, dass es ihm ganz schrecklich Leid tut und dass er alles wieder gut macht, sobald er hier ist. Was immer er auch meint", fügt er trocken hinzu.

Ich starre den Mann mit offenem Mund an. Was soll das denn jetzt? Will Marc unseren letzten Abend mit mir und seinem Bekannten verbringen? Wahrscheinlich wird es das Beste sein, wenn ich sofort kehrt mache, meine Koffer packe und heute schon zurück nach Hause fahre.

Der Typ scheint zu erraten, was in mir vor sich geht. „Bitte, Marc hat sich große Sorgen gemacht, dass du das falsch verstehst und einfach gehst. Das kannst du ihm nicht antun. Wirklich. Komm doch erst mal herein, dann reden wir weiter."

Vielleicht hat er Recht. Statt herumzuzicken sollte ich wenigstens auf Marc warten und ihm die Gelegenheit zu einer Erklärung bieten. Was soll's also.

„Na siehst du, geht doch", sagt der Typ, als ich mit ihm zusammen das Wohnzimmer betrete. „Übrigens: Ich heiße Kai und du bist Sara."

Er fasst meine Schultern, gibt mit ein französisches rechts, links, rechts Küsschen.

‚Er riecht gut', denke ich. ‚Und er sieht nicht schlecht aus.' Prompt steigt mir die Röte ins Gesicht. Ich senke schnell den Blick, denn Kai soll nicht merken, dass er mir gefällt.

„Mach es dir gemütlich."

Ich hebe den Blick, sehe ein verschmitztes Grinsen.

‚Super, Sara, du machst dich hier gerade zum Volltrottel!', schießt es mir durch den Kopf.

Wenn Kai meine Verlegenheit bemerkt hat, lässt er sich das nicht weiter anmerken.

„Ich koche uns jetzt einen Tee", sagt er und verschwindet in der Küche.

Du meine Güte! Diese Situation kenne ich doch. Ich sitze verlegen in diesem Wohnzimmer und ein Typ kocht mir Tee zur Beruhigung. Was soll das alles überhaupt. Wenn Marc mich nicht mehr sehen will, dann soll er mir das gefälligst sagen und nicht irgendeinen Freund vorschieben.

Kai kommt zurück, balanciert ein Tablett mit Teekanne, Tassen, Milch und Kandis.

„Ich wusste nicht, ob du den Tee mit Milch und süß oder nur süß oder ohne alles nimmst. Da hab' ich einfach alles mitgebracht, was mir in die Hände gefallen ist", sagt er lachend.

Das kommt so hilflos und süß rüber, dass ich gar nicht anders kann, als in sein Lachen mit einzufallen. Plötzlich ist mein Unbehagen verschwunden. Wir trinken Tee und quatschen miteinander. Gekonnt vertreibt Kai meine trüben Gedanken, bringt mich immer wieder zum Lachen. Ich muss zugeben, dass ich mich von ihm angezogen fühle. Wenn Marc nicht wäre ...

Ich habe gar nicht bemerkt, dass es bereits dämmert. Du meine Güte, schon so spät? Wir haben die Zeit einfach verplaudert. Und Marc ist immer noch nicht hier! Sollte ich nicht einfach gehen? Das bringt doch alles nichts!

Als ich so weit mit meinen Überlegungen gekommen bin, öffnet sich die Tür, Marc steht im Raum. Sofort kommt er zu mir. „Sorry, ich bin aufgehalten worden. Ich hoffe, dass du dich inzwischen gut mit Kai unterhalten hast."

„Ich denke schon. Wir haben uns miteinander bekannt gemacht. Sara gefällt mir ausgesprochen gut", wirft Kai ein und schaut Marc bedeutungsvoll an. „Allerdings würde ich es verstehen, wenn du deine Meinung geändert hättest. Sie ist jemand ganz besonderes. Vielleicht sollen wir es lieber lassen."

„Alles ist in Ordnung, jetzt bist du ja hier", sage ich, ohne Kais mystische Bemerkung zu beachten.

Marc nimmt mich demonstrativ bei der Hand. „Komm mit. Wir haben schon genug Zeit verloren", das klingt wenig liebevoll. Trotzdem lasse ich mich von ihm bis vor die Tür zum speziellen Zimmer führen. Ich bin völlig perplex. Was soll das werden?

Vor der Tür bleibe ich stehen. „Sag mal, was soll das eigentlich", entfährt es mir. „Erst bestellst du mich hier her, dann bist du nicht zu Hause und schickst deinen Bekannten vor. Anschließend zerrst du mich ohne eine Erklärung hier her? Geht's noch? Und Kai? Ist der wenigstens gegangen, oder wartet er im Wohnzimmer so lange, bis wir fertig sind?"

Marc fixiert mich kühl, nimmt meine Hände. Ehe ich es mich versehe, hat er sie zusammengebunden. Den Strick hat er aus seiner Tasche gezogen.

„Du wirst es nie lernen. Es wird Zeit für eine ganz neue Lektion", stellt er fest.

Er wirkt heute beängstigend auf mich. So habe ich mich noch nie bei ihm gefühlt. Mist, das habe ich jetzt davon. Warum bin ich dämliches Huhn nicht sofort gegangen, nachdem ich festgestellt habe, dass er nicht da ist. Kalter Schweiß bricht mir aus. Auch, weil mir plötzlich ganz klar ist, dass sich Kai immer noch im Haus befindet.

Marc presst sich an mich, ich höre seine erregten Atemzüge, spüre seine Erektion an meinem Hintern.

„Du kleine geile Schlampe, du wirst gleich den Fick deines Lebens bekommen", mit diesen Worten verbindet er mir die Augen, öffnet die Tür, schubst mich ins Zimmer. Zitternd bleibe ich stehen, spüre, dass er mir gefolgt ist, nah bei mir steht. Langsam, Knopf für Knopf öffnet er meine Bluse.

„Wie ich es mir gedacht habe, du trägst keinen BH", stellt er befriedigt fest, knetet grob meine Brüste, zwirbelt die Nippel. Ich reagiere sofort. Die Brustwarzen stellen sich auf.

Schon schiebt er mir den Rock und den String hinunter. Dann stellt er sich hinter mich, eine Hand kümmert sich um meine Brüste, die andere schiebt sich zwischen meine Schenkel.

„Du kannst es wohl gar nicht abwarten, was! Du bist klitschnass. Knie dich hin", sagt er leise.

Ich folge seinem Befehl. Sofort schiebt er sein Glied in meinen Mund, drängt sich einfach hinein, benutzt mich. Seine Hände halten meinen Kopf in Position, während er unerbittlich zustößt. Sein Glied wird immer härter, er ist kurz davor, in meinem Mund zu kommen, doch plötzlich lässt er von mir ab.

„Jetzt wirst du meinem Bekannten den Schwanz blasen", sagt er. „Und ich warne dich, mach es ihm gut, sonst erwartet dich eine Bestrafung, die du nie vergessen wirst. Noch etwas, du wirst jeden Tropfen schlucken, hörst du."

Seinem Bekannten? Das muss Kai sein. War der die ganze Zeit mit im Raum? Überhaupt, wie viele Männer sind noch hier? Panik macht sich in mir breit. Doch bevor ich weiter denken kann, schiebt mir jemand seine Erektion in den Mund.

Derweilen zieht mich Marc in den Vierfüß-ler Stand, seine Finger spielen mit mir, rei-ben meine Perle, stoßen , kreisen unerbitt-lich.

Ich kann es nicht verhindern, pure Lust verdrängt die Angst. Ich habe das Gefühl auszulaufen, so nass bin ich. Marcs steifer Schwanz dringt in mich ein, füllt mich ganz aus, während ich weiter in den Mund gefickt werde. Wehrlos bin ich ausgeliefert, sie be-nutzen mich, stillen ihre Lust an mir, neh-men sich, wonach ihnen beliebt. Entgegen jeder Vernunft genieße ich es, mein Verlan-gen steigert sich ins Unermessliche. Ich füh-le nur noch Geilheit. Die Bewegungen wer-den immer härter, immer schneller. Fast gleichzeitig ergießen sich beide in mich und auch ich fühle die Erlösung, stöhne, zucke, explodiere.

Schwer atmend bemerke ich, dass mir die Augenbinde abgenommen wird. Wie ich es erwartet habe, ist es Kai, der meinen Mund benutzt hat. Er löst mir die Fesseln, streicht mir sanft über die Brüste.

„Danke. Das war wundervoll."

Dann wendet er sich Marc zu. „Ich sollte dir eigentlich dankbar sein, mein Lieber, aber ich muss dir ganz ehrlich etwas sagen: Du bist so was von bescheuert. Wenn Sara meine Frau wäre, dann würde ich sie mit niemandem teilen, niemals. Ich glaube du hast einen Fehler gemacht. Aber zu meinem Glück, würde ich mal sagen."

Marc mustert ihn argwöhnisch. „Was willst du damit sagen?"

„Ach, nichts. Es ist das Beste, wenn ich mich jetzt dezent zurückziehe." Kai kommt noch einmal zu mir, haucht mir einen Kuss auf den Mund. „Ich kann mich auf deinen Lippen schmecken. Das gefällt mir. Vielleicht sehen wir uns wieder. Es tut mir Leid", fügt er leise hinzu. Dann geht er.

Ich stehe mit wackeligen Beinen auf, setze mich aufs Bett. Irgendwie kann ich nicht glauben, was passiert ist. Ich habe mich tatsächlich von zwei Männern benutzen lassen und ich habe es als lustvoll empfunden.

Oh Gott, ich schäme mich in Grund und Boden. In meinem Kopf herrscht ein fürchterliches Durcheinander.

Als Marc zu mir kommt, versucht mich in den Arm zu nehmen wehre ich ihn ab.

„Lass mich. Wie konntest du mich in eine solche Situation bringen. Das ist ...", wieder einmal fehlen mir die Worte.

Marc mustert mich mit einem kalten Blick. „Sag bloß nicht, dass es dir nicht gefallen hat, Schlampe. Du hast es dir doch so gewünscht und du hast es genossen. Überhaupt kannst du froh sein, dass ich dir die Gelegenheit gegeben habe, dich vorher mit Kai bekannt zu machen. Das nächste Mal wirst du einfach durchgereicht. Das ist genau dein Ding. Ich habe dich richtig gut eingeritten und zur Sklavin erzogen, jetzt schauen wir mal weiter. Du wirst meinem Bekanntenkreis noch eine Menge Spaß bereiten. Aber keine Sorge, du kommst dabei auch auf deine Kosten."

Ich traue meinen Ohren nicht. Das kann er unmöglich gesagt haben. Das ist doch nicht der Mann, mit dem ich die letzten vierzehn Tage verbracht habe! Irgendetwas läuft hier völlig aus dem Ruder.

Ich schaue Marc an, sehe keine Wärme, sondern nur Berechnung. Mir treten die Tränen in die Augen. ‚Bloß jetzt nicht heulen', denke ich. ‚Die Genugtuung gibst du ihm nicht.'

„Und wie wird das beim nächsten Mal genau ablaufen?", frage ich leise. „Wirst du mich an den Nächstbesten ausleihen? Oder gehst du direkt mit mir auf die Bahnhofstoilette und nimmst zehn Euro für eine Nummer mit mir? Wenn dir dann danach ist, dann vögelst du mich auch gleich durch. Für dich ist das ja dann umsonst. Es wird kein nächstes Mal geben, da kannst du ganz sicher sein."

Mein Gesicht ist plötzlich ganz nass. Komisch, ich habe gar nicht bemerkt, dass mir die Tränen über die Wangen laufen.

Entschlossen stehe ich auf, suche meine Sachen zusammen, ziehe mich an.

Marc sitzt immer noch auf dem Bett, schaut mir irgendwie unbeteiligt zu. „Du kommst sowieso wieder zurück. Du bist meine Sklavin", sagt er kalt. „Und du hältst es ohne mich nicht aus. Das nächste Mal werde ich dich noch härter bestrafen. Dann wirst du hoffentlich endlich parieren."

Schließlich bin ich fertig angezogen. Schaue ihm fest in die Augen.

„Ich will dich nie wiedersehen."

Damit drehe ich mich um, verlasse das Zimmer. Es gibt nichts mehr zu sagen.

Im Hotel angekommen dusche ich eine unendlich lange Zeit. Aber sosehr ich mir das wünsche, es lässt sich nicht alles mit Wasser und Seife abwaschen.

Was wie ein schöner Urlaubsflirt begonnen hat, ist in einem Alptraum beendet worden. Daran kann ich jetzt nichts mehr ändern.

Es ist mir unbegreiflich, wie ich mich so in Marc irren konnte. Ich habe mich ganz in seine Hände gegeben, so wie er es von mir verlangt hat.

Von all den schönen Worten über Vertrauen und dass er nie etwas machen würde, dass ich nicht möchte ist nichts übrig geblieben.

Im Gegenteil, er hat es geschafft, dass ich mich abgrundtief schäme. Weil er meine allerdunkelste Seite herausgekitzelt hat. Weil er mich dazu gebracht hat Sachen mitzumachen, für die ich mich verachte.

Trotzdem: Ich habe eine Menge über mich gelernt. Weiß jetzt, was meine Vorlieben sind. Ich muss nur vernünftig damit umgehen und versuchen nicht mehr so naiv zu sein.

Hoffen wir mal, dass es mir gelingen wird.

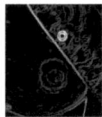 *Ein Jahr später ...*

Ein Blick auf die Uhr lässt mich seufzen. Schon wieder ist es so spät geworden. Der Elternabend hat länger gedauert als ich gedacht habe. Anschließen habe ich einiges für den Unterricht vorbereitet. Jetzt ist es beinahe dunkel. Den Feierabend habe ich mir wirklich verdient.

Während ich meine Sachen zusammenpacke, freue ich mich schon auf ein entspannendes Bad und ein schönes Glas Wein mit ihm. Was dann passieren wird ... wir werden sehen.

Wie erwartet bin ich die Letzte. Nur noch mein Auto steht verlassen auf dem Parkplatz.

Aber was ist das? Jemand lehnt an meiner Motorhaube. Langsam gehe ich auf ihn zu. Meine Ahnung bestätigt sich, ich blicke geradewegs in sein lächelndes Gesicht.

„Hallo. Dich habe ich hier gar nicht erwartet", strahle ich ihn an.

„Du weißt doch, ich bin immer für eine Überraschung gut", antwortet er. „Aber jetzt sollten wir nicht reden."

Er legt mir kurz die Hand auf den Mund, bedeutet mir so still zu sein. Dann zieht er mich näher zu sich. Seine freie Hand wandert unter meinen Rock, streicht zart über die Innenseite der Oberschenkel.

‚Oh Gott, er kann mich doch hier nicht einfach befummeln. Wenn uns jemand sieht ist das oberpeinlich', denke ich, versuche mich ihm zu entziehen. Das scheitert allerdings kläglich, er hält mich eisern fest. Ich spüre, wie mein Wiederstand dahinschmilzt. Seine Hand gleitet über die Bluse zu meinen Brüsten. Wie von selbst legen sich meine Hände um seine Hüften. Unterdessen zieht er mich dichter zu sich heran, küsst mich heiß. Seine Zunge drängt sich in meinen Mund.

Meine Finger entwickeln ein Eigenleben, öffnen die Knöpfe seiner Hose. Mit Befriedigung stelle ich fest, dass er nicht darunter trägt. Sanft streiche ich über seinen Penis. Die Berührung lässt ihn scharf die Luft einziehen.

Atemlos löse ich mich von ihm, blicke ihm tief in die Augen. Dann gleite ich auf die Knie. Seine Erektion ist direkt vor mir. Lustvoll fahre ich mit der Zunge über seine Eichel, dann umfangen meine Lippen sein Glied, mit der Hand umschließe ich den Schaft. Es ist ein Gefühl der Macht, das ich in vollen Zügen genieße. Genießerisch lecke ich seine ersten Lusttropfen ab. Während meine Hand sein Glied massiert, lecke ich weiterhin seine Eichel. Ich habe ihn im wahrsten Sinne des Wortes in meiner Hand. Dieser Gedanke lässt mich geil und feucht werden. Mit meinem Mund umschließe ich nun auch seinen Schaft, sauge, nehme seine Erektion tief in mich auf. Vor und zurück gleitet mein Mund. Zwischendurch lasse ich ihn ganz vorsichtig meine Zähne spüren, variiere das Spiel, versuch wohl zu dosieren. Keuchend packt er meinen Kopf mit seinen Händen.

Jetzt ist er an der Reihe, nimmt sich, was er will, stößt in meinen Mund. Ich mag das, meine Haut prickelt, mein Körper will ihn endlich ganz spüren. Er scheint zu ahnen, was ich will, zieht mich hoch, presst mich mit dem Rücken auf die Motorhaube. Jetzt ist er an der Reihe, spielt seine Macht über mich aus. Quälend langsam öffnet er meine Bluse.

Ich greife zu seinem Hemd, will es ebenfalls öffnen, aber sein Blick spricht Bände. Ich kenne ihn, weiß, dass ich jetzt die Hände über meinem Kopf ablegen sollte. Freiwillig gehorche ich, weiß, dass er mich dafür belohnen wird.

Endlich! Er beugt sich über mich, streicht mit den Fingern über meinen Busen, schiebt den BH's beiseite. Seine warmen Lippen umschließen meinen Nippel. Er saugt, knabbert erst an der einen Brustwarze, dann an der anderen. Ich winde mich unter seinen Lippen, unter seinen Händen. Noch nie bin ich bei der reinen Stimulation der Brust gekommen, aber heute fühlt es sich an, als würde genau das jetzt passieren.

Verdammt, er hält mich bewusst an diesem Punkt. Hemmungslos stöhne ich, schiebe ihm meinen Körper entgegen, flehe ihn an, mich endlich zu nehmen. Aber er wartet noch, lässt mich zappeln. Dann schiebt er meinen Rock hoch. Seine Hand wandert langsam zwischen meine Oberschenkel. Mit dem Daumen reibt er über meine Perle, mit einem Druck, der mich wahnsinnig macht. Mit der freien Hand umfasst er sein Glied, beginnt es zu massieren. Er wird doch nicht ...

„Ich halte es nicht mehr aus. Fick mich. Ich brauche dich", wimmere ich, dränge ihm mein Becken entgegen.

Endlich schiebt er mein Höschen zur Seite, gibt mir, was ich möchte. Ich bin so erregt, dass ich sofort komme. Er lacht kehlig auf, dreht mich auf den Bauch. Meine Nippel reiben sich an der Motorhaube, während ich die festen Stöße seines harten Penis in mir spüre. Er stöhnt, ergießt sich in mich und auch mich schüttelt ein erneuter Höhepunkt. Für einen Moment beugt er sich über mich, dann dreht er mich um, küsst mich sanft. „Hey du. Du arbeitest zu viel. Ich dachte, ich verschaffe dir eine Sofortentspannung."

Ich lehne mich für einen Moment an ihn. „Das war eine ausgesprochen gute Idee. Aber wenn uns jemand gesehen hätte. Nicht auszudenken."

Er lacht. „Es hat uns niemand gesehen, meine Süße. Darauf habe ich geachtet. Du weißt, dass ich dich niemals in eine solche Situation bringen würde." Plötzlich ist er ganz ernst. „Du kannst dir sicher sein. Weil ich dich nämlich liebe. Du bist das Allerwichtigste in meinem Leben. Und noch etwas. Ich teile nicht! Du gehörst ganz allein mir, so lange du das möchtest. Was damals geschehen ist tut mir sehr leid, das weißt du. Ich hätte mich niemals darauf einlassen dürfen. Aber schon als ich dich das erste Mal gesehen habe, wollte ich dich haben. Unter allen Umständen."

Bei seinen Worten wird mir warm. Trotzdem bin ich es jetzt, die ihm die Hand auf den Mund legt.„Ich weiß, Kai. Und ich kann das nur zurückgeben. Ich liebe dich und so lange du das willst, gehöre ich dir, aber nur dir allein!"

Alizé Siffleur
Love Affair

Anne will sich in Zukunft die Männer vom Hals halten. Schließlich hat ihr Exfreund sie betrogen. Ihre Freundin Jenny hingegen vernascht einen Mann nach dem anderen.
Als die Freundinnen in einer Bar den attraktiven Luca kennenlernen, geraten Annes gute Vorsätze ins Wanken. Obwohl dieser Mann sie mit seiner Dominanz und seiner arroganten Art zur Weißglut bringt, fühlt sie sich zu ihm hingezogen. Am nächsten Morgen wacht Anne mit einem Brummschädel auf. Sie ist nackt und kann sich daran erinnern, dass sie Luca mit zu sich nach Hause genommen hat. Heiße Küsse, seine Hände, seine Lippen auf ihrem Körper ... dann ein Filmriss.
Bald stellt sich heraus, dass Luca der neue und wichtige Kunde für ihre Firma ist und gar nicht daran denkt, Anne über den Verlauf des Abends aufzuklären. Trotzdem allem lässt sie sich mit ihm ein und entdeckt eine Welt unglaublicher Lust.

Frech, frivol und tabulos, so ist der neue Roman von Alizé Siffleur.

Alizé Siffleur
Saturday Night Fever
erotische Kurzgeschichten

Saturday Night Fever, das sind erotische Kurzgeschichten, sinnlich und provokant, aber auch romantisch und humorvoll.
Alizé Siffleur schreibt über Frauen, die sich nehmen was sie wollen. Sich aber auch einfach nehmen lassen wollen.
Saturday Night Fever, die perfekte Lektüre für sinnliche Stunden.

Alizé Siffleur und Allan P.
Zeig mir Deine Lust

Lustvoll und erotisch. Alizés und Allans Gedichte drehen sich unverkrampft und freizügig um nicht alltägliche Phantasien, um die Freude daran, sich sexuell zu nehmen, was man möchte.
Eine Lektüre, über die ungehemmte Lust.

Alizé Siffleur und Alan P.
Wenn ich an Dich denke

Gedichte von, um, über Liebe und andere Bagatellen.